サラと魔女とハーブの庭

七月隆文

宝島社文庫

宝島社

Contents

サラと魔女とハーブの庭

プロローグ

由花《ゆか》には、空想の友達がいる。

サラという。

ススキ色の髪、深い青のワンピース、白い花の髪飾り。

ちょっと吊《つ》りぎみの大きな瞳を好奇心いっぱいに動かし、遠くのものを指さし由花に見にいこうと誘ってくる。かと思うと急に興味をなくしたりの気分屋。

おしゃべりで、いきいきとして、そして——いつでも由花の味方だ。

さみしいとき、つらいとき、隣に寄り添って由花の話をぜんぶ聞いたあとに抱きしめてくれる。

『永遠じゃないわ』

泣きたいことも、なんだって、永遠じゃない。サラの口癖。

もの心ついたときから、おとなしくて不器用な由花の、たった一人の親友であり続けてきた。

ガタンッ

「ごめん」

車が揺れ、ハンドルを握るママが謝る。

高速道路のつなぎ目を踏んで、ガタン、ガタン、と一定のリズムで由花の座る後部席に硬い振動が伝わる。

東京《とうきょう》から約二時間。フロントガラスには雲ひとつない空と、まだ雪の残る黒い山脈が広がっていた。

大きい。

都会で育ってきた由花にとって、遠目にもわかる山脈のスケールは異質なものに映る。五歳のときに一度見ているはずだが、さすがに覚えていなかった。

「あと三〇分くらい」

運転席からママが言う。

由花は相づちを打とうか躊躇《ためら》う。

「おばあちゃんの家の近くで林の手入れが始まって、ちょっとうるさいかもって」

今日までの期間と車内での二時間で話すことはひととおり尽きたはずなのに、ママはまだ埋《う》まっていない隙間を上手にみつける。やっぱり自分はママに似なかったと改めて思い、罪悪感がこみ上げた。

「桜の枝をもらいに行くって言ってたわ。染め物に使うんだって。すごいよね」

沈黙を怖《おそ》れているのだと由花にはわかった。腫れ物に触る人の明るさだ。

なぜなら、自分が「困った子供」だからだ。

中学校になじめず、不登校になり、まだ春休みが始まっていないうちから、母方のおばあちゃんの田舎へお世話になりに行こうとしている。

——でも。

そうじゃない。

そうなんだけど、それは本当のところじゃない。

理由は、ママたちが思っていることとは全然違うのだ。

返事をしない由花に、ママがついに口を閉ざす。

由花はいけないと思いつつ、でもどうにもできなくて、握った指と胃をきゅっとさせる。居心地の悪い空気が車内に薄く張ったように感じられた。

由花は目を閉じ「儀式」を始めた。

まぶたの裏の暗闇をみつめる。じっと凝らすと、黒い中にピンクと青の粒々が一面に瞬《また》き、所々でうねりを作る。

――サラ。

小さい頃も同じものを見ていた。目を閉じながら（ときには開けていても）現れる粒々に、これはなんだろうと思っていた。

その小さな頃の自分と、中学生になってしまった自分の感覚をつなげる。

――サラ、出てきて。

儀式が必要になったのは、五年生の頃からだ。昔は何もしなくてもいつでも現れてくれたのに。

儀式が必要になって、中学に入るとだんだんそれでも出てきてくれなくなってきて、そしてついに――

「…………」

三学期に入った頃からずっと、サラは現れてくれない。

それはきっと。

――私が子供じゃなくなろうとしているからだ。

今年で一四歳になる。

もう、どうがんばっても子供じゃない。「一三」ならまだぎりぎりなんとか、という気がするけれど「一四」は明らかに超えてしまった感じがする。

すべてが動いて、変わっていく。

去年、大学生になった姉が実家を出ていったとき、そう気づいた。

小学生の頃にあった、ずっと終わらないいんじゃないかと思えた薄い蜂蜜色の時間。それが終わってしまったのだと。

中学生になって、学校生活もがらりと変わった。

先生の雰囲気や、部活の先輩後輩、テスト。五月頃まではあったかもしれない小学生の余韻は消え、みんな中学生になっていった。

女子グループの話す内容、買うもの、一緒だねとたしかめてくる圧力。

由花はなんとか上辺を取り繕っていたのだけど、ひ弱な擬態が追いつかなくなってきて、そんなとき、女子の間でいじめが起こった。

由花は怖ろしかった。

いじめられた子が、何が原因でいじめられたのかが全然わからなかったからだ。

これから自分は、こんな暗い海のような世界に投げ出されてしまうのか。

――でも。

そうだとしても……

高速を降りると、大きなスーパーや家電量販店が並ぶどこにでもある風景になった。由花の町より空がよく見え、山が近い。

少し行くと、信号がほとんどなくなり、まだ何も植わっていない土肌の畑ばかりになる。

おばあちゃんがこの地で薬草店《ハーブショップ》を始めたのは、由花が五歳のときだ。開店のお祝いも兼ねて、家族全員で何日か滞在した。

地理的な都合や、おばあちゃんの自由人的な生き方が親族の中でちょっと浮いていることがあって、ここに来るのはそのとき以来だった。

高速道路から見えた山脈も、いま走っている道の風景も記憶にないけれど、おばあちゃんの店の裏にあるハーブの庭は鮮やかに残っている。

そこで初めて、サラに会ったから。

細い道を曲がりながら下り、小さな十字路に差しかかったとき、左手に木の看板があった。

『herbal shop
　　POLY POSY』

低い段丘を壁にした、狭い駐車場。

「外寒いから、上着着て」

ママに言われ、由花は隣のシートに置いていたダッフルコートにのろのろと腕を通し、車から降りた。

冷えた空気が肌を締めてくる。寒い。

東京では桜の開花宣言が出ようとしていたのに、冬に逆戻りしたみたいだ。

ママがハッチを開けて、由花のキャリーケースを重そうに取り出す。

「高原だから。たしか一一〇〇メートル……だったかな」

由花がコートのボタンを留めるのを見届け、伸ばしたケースの取っ手を渡してきた。

「この先よ、行きましょう」

言って、緩い坂道を上り始める。あとについてケースを引くと、ずっしりと手応《てごた》えがあった。

この沈みそうな重さが、いつまでか決まっていない滞在の長さと、自分の心を表している気がした。

車輪が地面を転がる音が、やけに騒々しく響く。

まわりが静かすぎるのだと、わかった。

段丘の上にひっそりとある一軒家の庭に、たくさんの薪《まき》が積まれている。

由花は驚く。燃やしているのだろうか、今の時代に。

坂道のアスファルトは所々ひび割れ、左右の枯木《こぼく》が細い枝を寒々しく立てている。

由花は背中を曲げながら、キャリーケースを鎖のように引きずった。

「あっ、ほらあそこ」

ママの声に顔を上げる。

ぽつんと、灯《あか》りが見えた。

坂道のずっと先。昼だけど蜜色に光る小さなランプ。

他に何もない道の先で、それはとても暖かく、ほっとするものに映った。

近づいていくと、古い木造の平屋なのだとわかる。

素朴な板を並べた壁、味わいの出た臙脂《えんじ》色の屋根には乾いた蔦《つた》の束が箒《ほうき》のようにかかっている。

古いけれどきちんと手入れされていて、落ち着いていて、お洒落《しゃれ》な感じがした。

あのランプの下には木の看板が掛けられていて、さっきも見た『ＰＯＬＹ　ＰＯＳ

Y』という店名が書かれている。なにげなく近づいていったとき、

　ハーブの香りに包まれた。

　たくさんの花と草。甘くて、爽やかで、鼻の中がすっとして、頭の奥のこわばりがやわらかく解《ほど》けていく。いろんなハーブを漬け込んだ薄いシロップみたいな空気。

　――ああ。

　由花は思い出す。

　あの日の、においだ。

「そこの換気扇からね」

　隣で聞こえた声は、ママのものじゃない。

　由花は腕の先からじわあっと喜びを上らせながら、振り向いた。

　ススキ色の髪、深い青のワンピース、白い花の髪飾り。

「……サラ」

　ママに聞こえないよう、そっと呼んだ。

　こちらを向いたサラが、驚いたふうに大きく瞬《まばた》きした。

「ユカ、どうしたの？」

みるみる心配そうな顔になる。

「泣いてるの？」

とたん、由花の目の奥がじわっと熱くなった。

心の底から安堵《あんど》して、ああもう大丈夫だと甘えていい感覚がこみ上げて、体温の水になって溢れそうになる。

「由花？」

ママの声が割り込んできた。

「――先行ってて」

由花はとっさに顔を逸《そ》らし、目と耳に蓋《ふた》をした。今の状態が壊れてしまわないように。

「お願い」

硬く真剣な響きで言うと、ママは戸惑いつつも店に入っていった。

「ユカ、ママに何かされたの？」

「ううん」

「でも泣いてるわ」

サラが白い腕を伸ばして、由花の湿った目のくまにふれてくる。そこがぼわっと、温かみをもった。

いつもそう。たぶん頭の錯覚だけど、サラにふれられたところはぶ厚い空気にふれたようにあったかくなる。

由花はサラの手の甲にてのひらを重ねた。するとやっぱり、透明でやわらかなぬくもりが伝わってくる。

「もう大丈夫なの」

久しぶりに笑った。頬がちょっと、忘れかけていた。

「サラがいれば、私は何があっても大丈夫」

「本当になんでもない？」

「うん」

「いいにおい」

サラが換気扇の方を向く。サラは切り替えが早い。

気持ちよさそうに目を細め、薄い胸を膨らませている。不思議と、ハーブの香りだけはわかるのだ。

「だね」

由花も同じように換気扇を仰ぐ。

「スーッコね」

そのサラのつぶやきは、由花と彼女の間にだけ通じる言葉だった。

なんとなくいい気分のとき。やることを終えてお茶をひと口飲んだときとか、誰かと笑いあったあとの解けるような沈黙とか。そういうときに使う。

そんな二人だけの言葉。

「うん、スーッコ」

やっぱりここに来たのは正しかった。

サラと出会った思い出の場所。おばあちゃんの田舎へ行けば会えるという直感があった。

ここにいれば、きっとサラはいなくならない。

「……サラ、私たち――」

「ユカ、見て！」

サラが店の入口に向け、駆けていく。

「本とお花が置いてあるわ」

テーブルの上に、広げた花の図鑑と小瓶に挿した野花が置かれている。

サラは本のページをのぞいたり、花のにおいをかいだりしたあと、全体を見下ろして言う。

「ヘンなの」

「なんで？」

「だって、イスがないもの」

「これはそういう飾りなんだよ」

「飾り」

サラはテーブルをみつめたまま、ちょっと吟味するように首を傾《かし》げる。

「ユカは好き？」

「うん。かわいいんじゃないかな」

「そう」

鷹揚《おうよう》にうなずく。

「ならいいわ」

「ハーブの種が売ってるね」

「レモンバームはある？」

サラの好きなハーブだ。

「えーと……」

「あったわ」

自分でみつけた。

袋にあるレモンバームの写真に顔を近づけるが、すぐに興味を失う。

「本物じゃないなら、しょうがないわね」

「種も本物ではあるけどね」

「この中にはあるかしら」

店のドアを指さす。

「たぶん」

「行きましょ」

「サラ」

すぐさま向かった彼女を呼び止める。

サラは踵《かかと》を回して踊るように振り返ってきた。青いワンピースの裾《すそ》が淡い波のように翻る。

由花は、あの言葉を聞きたかった。

「私とサラは、永遠に友達だよね」

流れが唐突なんじゃないかとか、重くて引かれるんじゃないかとか、サラにだけは
そういうことを気にやまなくていい。

受け止めてくれると、わかっているから。

「ええ」

サラはわだかまりのない、やさしい微笑《ほほえ》みを向けてくる。

「わたしとユカは、永遠に友達よ」

そうじゃないといつも由花を慰める彼女が、たったひとつ口にする、永遠。

由花は春のような安心に満たされた。

二人並んで、店の入口をくぐった。

Episode

1章
サラ

ローズ
オイルトリートメント

1

店内は、外で感じたハーブの素敵な香りで満ちていた。

「わぁ」

サラが声を弾ませる。

天井からドライフラワーが吊《つる》され、棚に並ぶハーブの入った大きなガラス瓶がつやつやと光っている。

正面の台には、籠《かご》に盛られた手作りのバスボムやポプリ、オリジナルのハーブティー。そのひとつひとつに丁寧な商品説明が書かれている。

由花は、宝箱を開けたような気持ちになった。

ぜんぶがきらきらして映る。

「ユカ」

サラが籠にある熊のぬいぐるみを指す。中にミントとラベンダーを詰めたもの。

「かわいい」

「でしょ」

なぜか自慢げに言って、鼻を近づける。

「ちょっと匂いする」

由花もそうしてみた。袋ごしにも、薄い香りが伝わる。

「ほんとだ」

説明書きのポップには、枕元にもどうぞと書かれている。

「いいわね」

サラが言う。

「だね」

いくらだろうと思って値札を見ると、中学生には厳しい額だった。そっと籠に戻す。

「買わないの？」

「うん、高いし」

「きっとここにしかないものよ」

「でも……」

由花の意思が動かないことを察したふうに、サラはきょろきょろと他の面白そうなものを探し始める。そのとき、

「由花」

ママが奥から呼びに来た。

「おばあちゃん待ってるわよ」

「うん」

応《こた》えたとき――心の中で、段差を踏み外してしまったときに似た、軽い墜落感を覚えた。

由花はあわててまわりを見る。

サラが、消えてしまっていた。

「どうしたの？」

「……べつに」

――せっかく出てきてくれたのに。

ママの背中を恨めしくみつめながら、店の奥へと進んでいく。

廊下の左側には、ハーブオイルを並べた棚とレジカウンター、右側には布でそれとなく仕切られた狭いキッチンがある。

ママが突き当たりの薄いカーテンをめくって中に入っていく。

ちらりとのぞいた木のテーブル。あそこにおばあちゃんが待っているのだとわかった。

会うのは、五歳のとき以来だ。

おぼろげな印象しか残っていない。でもやさしくて、ここにいる間はずっと楽しかったことを憶《おぼ》えている。

だから由花は緊張しつつも、ちょっと、わくわくしながらカーテンをめくった。

ディフューザーの白い蒸気に曇る、本棚が目に入る。

帽子みたいな照明《シェード》、和箪笥《わだんす》、棚に置かれた精製水やエタノールの瓶。

冬の庭を透かせた広い窓を背にして、おばあちゃんがしなやかに座っていた。

ちりちりと広がった白髪、ゆったり長いシルエットの服。

フィンランド人のクォーターで、顔立ちにほんのわずか異国の影がある。

——ああ、そうだった。

こんなふうだった。胸の中に懐かしさが広がる。海外のファンタジーに出てくる魔法使いみたいだと今は思う。

由花を認めたおばあちゃんの表情がぱっと開いて、微笑みになる。化粧気のない白い肌に、石膏《せっこう》像のような滑らかな皺《しわ》が寄った。

「いらっしゃい、由花」

席を立ち、抱きしめる予備動作として両腕を上げながら近づいてきて、由花をハグした。

「大きくなって」

おばあちゃんの体は太くてしっかりしていて、まだまだ健康そうだな、と由花は思った。

「私のこと憶えてる？」

「……はい」

おばあちゃんが自分のことを「私」と呼ぶのが新鮮だった。いつも会う父方の祖母は「おばあちゃんは」と語りかけてくるから。

「さあ、どこでもいいから座って。お茶にしましょう」

テーブルには、さっき注いだというふうな薄い湯を満たしたハーブティーのガラスポットが置かれている。

ママが、手土産に持参した焼き菓子詰め合わせの包装を解く。

由花はママの横に座り、開かれた箱から袋入りのマドレーヌを取ろうとする。

そのとき、おばあちゃんの動きに気づいた。

テーブルに木の板とナイフを置いて、袋から取り出したガトーショコラを三等分に切る。それを人数分の小皿にひとつずつ盛っていった。

驚いてみつめていると、クッキーと木苺《きいちご》をまぶしたメレンゲ菓子も盛りつけていく。

小さな焼き菓子の皿になった。

「いいわね」

ママが言う。

「ちょっとぜいたくな感じ」

たしかにそうだ。ほんのひと手間で、特別感が出た。

袋を破って直接食べるより、ずっと気分がいい。

おばあちゃんがティーポットを持って、軽く揺する。

――まだ薄いんじゃないかな。

由花はひそかに思いながら、ハーブティーからのぼる湯気をみつめる。

「はい」

ママが手前に置いたカップ。注がれているのは、ほんのりピンクがかった薄黄色の液体。

口許《くちもと》に寄せてみても、あるかなしかの匂いしかない。息を吹いて冷まし、ずず、とすすった。

——。

口の中で、小さなバラが咲いた。

これまで飲んだどのローズティーよりもいきいきとしたバラの香りがあって、花びらみたいに甘い。

「おいしい」

由花は思わずつぶやく。

「よかった」

おばあちゃんが微笑む。目が合って、あわてて逸らした。

「ネットで見たけど、この店、評価高いよね」

ママがおばあちゃんに話しかける。その口調がいつもと違う、いかにも娘らしいものに変わっていることが、由花には新鮮だった。

「あら、そう」

「相変わらずネット見ないの？」

「メールを読むぐらいねぇ」

「このハーブティー、やっぱり薄くない？」

「これでいいのよ」

ママとおばあちゃんが他愛のないやりとりを続ける。

でもなにげないふうでいて、自分の話題にふれないようにしていることに由花は気づいていた。

不登校になり、ここにいつまでかわからない期間、滞在すること。

浮かんでいた心が、また冷めていく。

けれど慰みに口に入れるハーブティーの、寄り添うような花の香りが沁《し》み入った。

――私は落ちこぼれたんじゃない。

学校から逃げたのは、あそこにいると「子供の心」を失わされてしまうと気づいたからだ。

サラと別れたくない、その一心だった。

そして実際、またサラに会えた。

だから由花は今、とても満足している。

「由花のことよろしくね」

たくさん遠回りした末、ママが最後に切り出した。

「由花」

ママに促され、おばあちゃんにお辞儀する。

「……よろしくお願いします」

「はい」

おばあちゃんのやわらかな返事が、額の上にふれた。

2

顔を押しつけた枕が、湿り気を帯びようとしている。

由花にあてがわれた部屋には布団とガスヒーターしかない。

知らない壁、天井、がらんとした部屋が、夜の闇の中でかすかな輪郭を浮かばせながら冷たく見下ろしてきている。

由花は、ホームシックにかかった。

ママの車を見送った瞬間から、嫌な感触が芽生えていた。浸かっているバスタブの栓が抜け、お湯が減り始めた感じ。

おばあちゃんの家は、店から坂道をさらにのぼったところにあって、ぽつんと林に囲まれていた。

おばあちゃんと二人きりの夕食、違う家の風呂、ここにないもの、見慣れないすべて――。長く使われていなかっただろう空っぽな部屋に横たわり、電気を消したとき、限界を迎えた。

家に帰りたい。

自分が人生で初めてホームシックになった事実に動揺し、受け入れてしまうと、もう抑えられない。

抱きしめた枕の、家と違う洗剤のにおいすら自分を追い詰めて泣きそうだ。

泣く。

「あはは、ユカ、何してるの」

笑い声に振り向くと、サラが足を崩して座っていた。

「枕になりたいの?」

「……そんなわけないじゃん」

枕を手放す。

「ええ、わかってる。家が恋しくなっちゃったのよね」

サラがやわらかな顔をして、額を撫《な》でてくる。

「永遠じゃないわ」

それはサラが使う魔法の言葉だ。

「だってずっとさびしかったら疲れちゃう。できっこないわ」

永遠じゃない。たしかにそう。幼い頃からずっと、泣いたり膝《ひざ》を抱える由花に寄り添い、それをかけてくれる。

「うん」

心がすうっと落ち着いていくのを感じた。

冷たく見下ろしてくる悪魔のようだった空間が、ただの部屋になった。

「ユカはもう寝る？」

「もうちょっと起きてようかな」

「でも夜遅いから、ユカは寝ないといけないんじゃないの？」

「じゃあ、サラも一緒に寝る？」

「わたし、ちっとも眠くないもの」

「だよね」

サラは空想の友達だから、眠る必要がない。

「ユカ、ベランダに出てみましょうよ！」

窓を指さす。カーテンの向こうには、テーブルも置けそうな広いベランダがある。

「きっと星がたくさん見えるわ」

「……いい」

サラの提案を断る。

「どうして？」

「絶対寒いよ」

毛布を肩に引き上げ、動かない意思を示す。

「そう」

サラが部屋を見回しながら、手をぱたぱた揺らす。

由花がそれを見ていると、ふと目が合い、サラが変顔をした。いつものやつだ。

由花はくすっと笑いながら、深くなじんだものに安らぐ。

「サラ、憶えてる？」

「なに？」

「縄文遺跡」

「もちろん」

このあたりに縄文時代の遺跡があり、サラと一緒に竪穴式住居《たてあなしきじゅうきょ》に入った。あとで調べると複製《レプリカ》だとわかったけれど。

「すごく大きかったわね」

「そうそう、大きかった」

「藁《わら》でできた山みたい。ユカは雨みたいって言ってたわ」

「そうだっけ」

「そうよ。藁がざあざあ降ってきてるみたいって」

「よく憶えてるね」

「ユカの言ったことだもの。忘れないわ」

なんでもないふうに言ってくれる。

かけがえのない友達だと、実感する。

「また行こうよ。せっかくここに戻ってきたんだし」

「いいわね」

サラが楽しそうに瞳を輝かせる。

だから由花は、嬉《うれ》しかった。

「じゃあ約束ね」

サラが小指を差し出してくる。

「うん、約束」

小指をつないだ。サラとふれあった部分がじんわり温かくなる。

コンコン
突然のノックに、由花の心臓が跳ねた。

こわばりながらドアをみつめていると、
由花？

おばあちゃんの声がした。

「……なに？」

応えると、ドアが開く。

ゆったりと長いガウンを羽織ったおばあちゃん。壁に手を伸ばすと、かちりと電気が点《つ》く。

おばあちゃんが、部屋に軽く視線を巡らせる。

「どうしたの？」

「声がしたから」

由花は、はっとサラの方を見る。消えていた。

「えっと……」

とっさに言い訳が浮かばない。こういうことがあまり得意ではなかった。スマートフォンを持っていれば、電話していたと言えただろうか。

「……うるさかった？」

「そうじゃなくて」

おばあちゃんが気遣わしげに微笑む。

「もしかしたら、眠れないんじゃないかと思ったのよ」

そのとおりだった。

「殺風景よねぇ。ごめんね、いろいろ支度が間に合わなくて」

そばに来て、座った。

手に提げていた無地の布鞄《ぬのかばん》を傍《かたわ》らに置く。

「由花が眠れるように、魔法をかけにきたの」

「……魔法？」

「座って」

由花は布団から出て、おばあちゃんの向かいに座る。

「右手を出して」

そうすると、おばあちゃんが袖をめくって由花の手を裏返した。まるで脈を測るときみたいに。

由花はどきどきしながら、されるがままになる。

おばあちゃんが、布鞄からガラスの小瓶を取り出す。キャップを回し開け、中の液体を手のひらに溜め、両手をしゅるしゅると擦り合わせた。

——何するんだろう。

その両手を、由花の手首に添える。そして、ゆっくり揉《も》み上げてきた。

オイルだ。とてもさらりとして、ひらべったい感触。

とたん、森と花の香りがひらく。

「……ハーブオイル？」

「そう。精油を薄めたものよ」

揉みほぐしてくるおばあちゃんの手は、滑らかな木の皮みたいな感触だった。

由花の二の腕を繰り返し下から上へ親指で押したり、ねじるようにして擦る。指を一本ずつ手のひらで包んできゅっきゅと回したり、手の甲で手のひらの真ん中をゆっくり押してくる。

気持ちいい。

芳香と、手から伝わる心地よさで頭の奥がしびれてくる。

「どう？」

「うん、気持ちいい」

「でしょう」

目を閉じると、森に包まれているような気分になった。香りの輪郭がより心に感じられる。

――ハーブってすごい。

これまでまったくハーブにふれてこなかったわけではない。ドリンクバーでハーブティーを飲んでみたこともあるし、雑貨屋のアロマテラピーコーナーでかいだこともある。

でも、なんだろう。香りの鮮烈さがぜんぜん違うし、こんな使い方があるなんて知らなかった。

「おばあちゃん」

由花はふと気になった。

「店で飲んだハーブティーね」

「なに？」

「薄くて、でもそれでいいって言ってたの……なんで？」

「香りはね、薄い方が心に届くの」

想像になかった答えに、はっとする。

けれどたしかに言われてみると、あのお茶が沁みたのは、透明で控えめだったからかもしれない。

おばあちゃんは自分のことを考えて、そう淹《い》れてくれたのだろうか。

なんだか、むずがゆくなる。

「でもさ」

由花はなぜかぶっきらぼうな言い方で鼻をひくつかせる。

「これはあんまり薄くない」

「そういうものだから」

あっけらかんと言った。

「おばあちゃん、てきとうで。てきとう」

「いいのよ、てきとうで。ハーブはおおらかさが大事なの」

「ほんとかなぁ」

飄々《ひょうひょう》としたおばあちゃんと話していると、胸の内に残っていた緊張の欠片《かけら》がとけていく。

豆電球の灯《とも》る真夜中の小部屋に、人肌に温められた精油の香りが漂う。

「……おばあちゃんは、なんでハーブ屋さんになったの？」

ぽつんと聞くと、おばあちゃんの薄く青みがかった瞳が一瞬遠ざかる。

「歳を取って、自分のルーツに引かれたのね」

「ルーツ？」

「ご先祖様が魔女だったじゃない」

「えっ」

驚きのあまり、勝手に声が出た。

「聞いてないのね」

「……ほんとに？」

「北欧の魔女の血を引いてるのよ。ほんの少しだけど」

おばあちゃんは、クォーターだ。顔立ちにちょっぴり西洋人のような彫りの深さがある。由花はさらにその半分の半分だから、見た目にその影はない。

「……魔法、使えるの？」

「いいえ、ちっとも」

首も振らずに答える。

「若い頃は興味もなかったし」

「どうして？」

「生意気でひねくれてたから」

くすりと笑う。

不思議な気持ちだった。自分の中にほんのわずかでもそういう血が流れている。心の内ではっきりと新しい場所が生まれた感覚がした。

「なんでママは教えてくれなかったのかな」

「言いふらすとよくないと思ったんじゃないかしら」

「ああ、ママらしいかも」

「でしょう」

ママのことをよく知っている感触が共有される。ママのママなんだという、つながりが見えた。

「私が教えたのは内緒ね」

「うん」

小さく笑いあう。

「でも、もういいわよね。由花も子供じゃないし」

その言葉が、ズキリと刺さる。忘れていた服の汚れをみつけたときのように。

「ねえ、おばあちゃん」

「ん？」

私、もう子供じゃないのかな。

そう聞こうとして、やめた。おばあちゃんくらいの距離を持つ相手から客観的に認められたら、どうしようもなくなってしまうから。

だから、少し違うことを尋ねた。

「おばあちゃんが、もう子供じゃないって思ったのはいつ？」

おばあちゃんが目を瞬かせ、手を止める。

「そうねぇ」

首を傾げる。真剣に考えてくれていることがわかった。でも、浮かばないらしい。

申し訳なくなって、いいよ、と止めようとしたとき。

「高校生のときね。二年か三年」

古い写真をみつけたときのような顔でうなずく。

「けっこう遅いね」

「でもこれは、大人ならみんな必ず経験していることよ」

「……なに？」

「一年があっというまに過ぎるようになったの」

——ああ。

何度も聞いたことがある。

「親戚の大人たちが話すたび、何言ってるのかしらって思ってたんだけど、高校生になって、あっ、て。あっというまだったって。これなんだって理解して……子供の側じゃなくなったんだって実感したわ」

「……………」

「由花はまだ長いでしょ、一年」

「すごく長い」

まさしく、何言ってるのかしら、の側だ。

「じゃあ……私はまだ子供?」

おばあちゃんが布鞄からタオルを取り出し、由花の腕をぬぐいはじめる。

「かもしれない」

「そっか」

「あら、嬉しいの?」

とっさに口許を押さえた。

「そうじゃないけど」

由花は、ほっとした。

高校生なんてずっと先で、ずっと大人だ。

おばあちゃんがタオルをたたんで、布鞄にしまう。

「魔法は完成」

ちょっとだけお茶目に言った。

「ありがとう、おばあちゃん」

おばあちゃんは微笑みで応え、立ち上がる。

「おやすみなさい、由花」

「うん、おやすみ」

おばあちゃんが出ていく間際に明かりを消し、ドアを閉める。

由花は布団に入った。

自分からいい匂いがして、とても素敵な気持ちになる。うっとりと背中を丸め、眠りについた。

3

朝起きても、いい匂いのままだった。

由花は右手の袖に鼻を押しつけ、笑みをこぼす。こんな心地で目覚めるのは生まれて初めてだ。

しばらくそうして、布団から出る。タイマーでヒーターが切れていて薄く寒い。

カーテンの向こうからジュジュジュと聞いたことのない鳥のさえずりがした。

カーテンを開ける。

ベランダの向こうに枯木と松の林が広がっていた。霞《かす》む山と空。一本のアスファルトの坂道がのびていて、下った左におばあちゃんの薬草店《ハーブショップ》が見えた。

ガラスから伝わる冷たさは冬のそれ。はぁ。と息を吐くと、林が白く曇った。

――何時だろう。

室内には時計がなく、由花はスマートフォンを持っていない。

少し迷って、部屋を出た。

ひやりとした廊下に皮膚が縮む。

けれど階段の下から人が動いている温度のような気配がした。

食べ物の匂いを敏感に捉える。お腹が空いた。

おばあちゃんが朝ごはんを作っているのだろう。由花はそろそろと下りていく。

「あら、おはよう由花」

居間に入ったとたん、暖められた空気が迎えた。

壁際にある黒い薪ストーブの小窓に、あかあかと燃える火が見える。

時計に目をやると八時過ぎ。慣れない家だからか、久しぶりに目覚めが早かった。

「おはよう」

「ぴったりね。呼ぼうと思ってたところなの」

おばあちゃんが袋から食パンを二枚取り出し、テーブルに置かれたレトロなトースターに差し込む。由花は初めて見たので戸惑う。

「それ……パンを焼く機械？」

「そうよ。由花は知らないか」

「昔のやつ？」

「今も好きな人は使うみたいよ。ほら、かわいいでしょう？」

たしかに丸っこくて、白みがかった水色のボディは愛嬌《あいきょう》があった。

テーブルの上には二人分の朝食が並んでいた。

小さなサラダと、アーモンド、胡桃《くるみ》、ほぐしたささみ、煮たカボチャが盛りつけられたプレート。カフェに出てきそうなおしゃれな見た目で、由花は気分が上がる。

席に着くと、おばあちゃんはガラスの抽出器で淹れた紅茶をカップに注ぎ、たっぷりの牛乳を加えた。

「はい、由花」

「ハーブティーじゃないんだね」

「朝はミルクティーよ」

きっぱり言う。

そのとき、いきなりガシャッと音がして、由花は驚く。トースターから焼けた食パンが飛び出していた。

「初めてだと、びっくりするのね」

笑われた。由花は自分が動画の猫にでもなったみたいで恥ずかしい。

トーストを皿に取り分けると、おばあちゃんは二本の瓶を開ける。

メープルシロップとココナッツオイル。それをトーストに塗っていく。

「おいしいわよ」

たしかにおいしそう。

「なんか、おしゃれ」

「そう？」

由花も同じくトーストに塗る。どんな味がするのか、わくわくした。さっそく齧《かじ》ろうとして、はっとなる。

「い、いただきます」

「偉いわね」

おばあちゃんが目を細めた。

由花は照れつつ、さくり、とトーストを齧る。

メープルシロップの華やかな甘さと、ココナッツオイルの香ばしさが口の中いっぱいに広がる。

「……っ」

嚙《か》むごとにパンの小麦と混ざって、ふわふわで、とろけそうな、しあわせな味になっていく。

そこでミルクティーを飲むと、茶葉の苦みと包みこむ牛乳のまろやかさがパンの甘みを流して素敵な後味を残した。

「おいしい？」

「うん」

自然と声が明るくなった。

「よかった」

おばあちゃんはさらりと笑んで、アーモンドを音を立てて嚙む。

「木の実系が好きなの？」

「カリカリした食感のものが好きなの」

「ふーん」

今まで話していて、わかった。

このおしゃれな朝食は、べつに気取っているわけじゃない。おばあちゃんのごく自然なスタイルなのだと。

おばあちゃんは、おしゃれなおばあちゃんなんだ。

まとっている雰囲気も、由花の身近にいる他の大人たちと違う。なんだか自由で風通しがいい。

「おばあちゃんは、このあと店？」

「ええ。由花は好きに過ごして」

「うん」

「何かしたいことはある？」

由花は考える。一日ここで何もせずにいるのは、いかにも退屈そうだ。

「縄文遺跡って、なかった？」

「あるわね」

「歩いて行ける？」

「行けなくはないけど、ちょっと遠いわね」

ミルクティーをひと口飲み、ああ、とつぶやく。

「夫の自転車があるわね。まだ乗れるんじゃないかしら」

おじいちゃんの自転車は、ハンドルがTの形になっている速そうなものだった。置かれた裏庭には砂がならされた広い場所があって、奥の段丘に弓の的が掛けられている。おじいちゃんが亡くなってからずっと使われていないらしく、風雨にさらされぐずぐずになっていた。

ママによると、風流を好む趣味人だったらしい。おばあちゃんとは友達みたいな距離感の似たもの夫婦だったと。
幼かった由花には、ひょろりと大きな人だったという印象しか残っていないけれど。
――借りるね、おじいちゃん。
なんとなく心の中で念じて、乗った。
慣れない形の自転車にふらつきながらどうにか庭を出て、外の坂道を下り始める。
ひび割れたアスファルト、低い電柱。
脇の用水路から水の流れる音、豊かな鳥の鳴き声。
天気もよく、マフラーと手袋でぜんぜん寒くない。
いい感じ。
スーッコだ。
薬草店が近づいてくる。
ちょうど入口から、おばあちゃんが大きな木箱を抱えて出てきた。
「由花、いってらっしゃい」
「店を開ける準備？」
「そうよ」
ハーブの苗をたくさん並べた箱を、店先の台によいしょ、と置く。

「重くない？」

「大丈夫。自転車はどう？」

「うん、乗れる」

「じゃあ気をつけて。日が落ちると真っ暗だから、それまでに帰ってくるのよ」

「わかった」

おばあちゃんは微笑んで、開店準備を続けるため中に戻っていった。

由花はブレーキを緩め、ゆっくりと店を横切っていく。

換気扇から、あのにおいがした。

なんとなく、直感した。

スイッチが入っている。

いま自分の中が嚙み合って、いい状態になっている。

店を通り過ぎた脇に、ハーブの庭への入口がある。といっても見えるのは冬枯れだけだ。

けれど。

「後ろに乗れる？」

そこに、サラが立っていた。

「乗れる」

由花は、かつてそうだったように、ごくなにげなく答える。いつでも一緒にいた時代。

サラが後ろの荷台に、横向きに座った。

「行きましょ」

「うん」

由花は勢いよくペダルを踏んだ。

4

坂道を下りきったところで右に曲がると、おばあちゃんに教えられたとおり開《ひら》けた十字路に出た。

不動産会社の名を冠した『森』と称するエリア案内。このあたりは別荘地だった。

左に曲がって、まっすぐ。

道の両側に畑とビニールハウスが広がる。

「森じゃないわ」

サラが言う。

「この先は森っぽいよ」

ほどなく並木道に入った。

細い木々が立ち並ぶ奥に、ぽつぽつとコテージが垣間見える。

緑はなく、寒々しい。車もまったく通らず、シーズンオフの寂れた静けさに沈んでいる。

「でも、森っぽくない？」

由花が聞くと、サラは大きな瞳でぐるりと見回し、

「林ね」

サラは自分の感じたことに正直だ。

「まあ、そうかも」

「見て」

サラが細い脇道を指さす。

「あの先、どこに続いているのかしら」

道の奥には、いかにも何かがありそうな陰りがある。

「行ってみましょうよ」

「やだよ、なんか怖いし……」

それに、道を途中で変えるのは面倒だ。そのまま通り過ぎた。

サラが足をぷらぷらさせているのが、背中越しに伝わる。

「おばあちゃんが、店の準備をしてたの」

由花は話題を変えた。

「大きな箱を外に出してて、大変だなぁって」

「くたくたになる?」

「大丈夫だって言ってたけど……」

心にちょっと、引っかかっている。

代わり映えのない景色が続く。おばあちゃんからは自転車ならすぐだと聞いていたが、なかなか着かない。

「初めての道って遠く感じるね」

「ペンケースを買いに行ったときもそうだったわ」

「ああ」

そんなこともあった。

小学四年生のとき、好きだったキャラクターのペンケースを買うために自転車で遠くの店に行った。

そのときもサラとこうして二人乗りして、知らない場所を進んでいくのが不安で怖くて……サラがいなければ途中で引き返していただろう。

いつも遠くに見えていた謎の高い建物に着けるんじゃないかと思ったら、店に着いてもまだ遠くだったこと。

——ああ。

忘れかけていた感覚がどんどんよみがえってくる。

いいぞいいぞ、と思った。

流れていく木々の枝が細かな網模様を描き続ける。冬の陽を透かして、薄く輝いた。

「どうしたのユカ」

「スーッコなの」

なんとなくいい気持ちという、二人にだけ通じる言葉で返す。

「なら、わたしもそうよ」

サラが言った。


縄文博物館は、屋根付きの通路が入口まで続く平べったい建物だった。

並木道から急に視界が開けたのだが、そのほとんどが博物館の駐車場。

豊富なスペースに対して、駐《と》まっている車は二台だけ。

さらに由花が驚いたのは、車を駐める場所はこんなにあるのに、自転車置き場がどこにも見当たらないことだ。

——どうしよう。

「そこに駐めといていいよ」

びくりと振り向くと、初老の男性が立っていた。服装で、ボランティアの清掃員だとわかる。

目を伏せ、

「……いいんですか？」

「いいよ。今の時間はガラガラだからね」

由花はそそくさとスタンドを立てる。

「自転車で来るなんて珍しいね。このへんの子？」

「いえ……あ、ありがとうございました」

お辞儀し、逃げるように去った。

「あのおじいさんが怖いの？」

サラが聞いてくる。

「そうじゃないけど……もたない」

いつのまにか、通りすがりの人と会話するのが苦手になっていた。

博物館の入口に近づくと、案内標識があった。

目指す場所は、建物の裏手だ。回ると、広場に下りる階段があった。

「あったわ！」

サラが指さす。

芝生の広場に、竪穴式住居が点在している。

ああ、そうだ。

記憶に埋もれていた像が浮き上がってきて、重なる。

五歳のとき、たしかにこの階段を通った。

サラと一緒に駆け下りて、竪穴式住居の山みたいな大きさ、四角に空いた入口の暗さと狭さにはしゃぎながら、何度も中と外を往復した。はちきれるように楽しかった。

「ユカ！」

サラが階段を駆け下りていく。

由花も駆け足でついていく。

芝生をさくさくと進み、たぶんあれだったという棟の前にたどり着いた。

――あれ。

円錐形《えんすいけい》の藁葺《ぶ》きのそれを見上げたとき、違和感が襲った。

そんなに、大きくない。

三メートルほどだろうか。あのとき感じた山のような印象はまったくなく、むしろ小さい。

芝生の広場も、記憶よりもずっと狭い。あのときはどこまでも走れそうな無限の広さに感じたのに。

長方形に切り取られた入口は、かなり屈《かが》まないと入れそうになく、何度も往復なんてとても無理だ。その暗さにわくわくもしないし、むしろ膝を折って入るのが少し億劫《おっくう》だ。

間違いなく同じ場所だとわかる。

それが、思い出の大きさとまったく違う。

由花にとって、それは人生で初めての体験だった。

瞬間、由花の中でいやな感覚が染み広がる。

薄れていく。さめていく。

「サラ、帰ろう」

言ったとき、心の中で段差を踏み外したときのような落下を覚える。

振り向くと、サラはどこにもいなくなっていた。

5

由花は懸命に自転車を漕《こ》いでいた。

「はぁっ……はぁ……っ」

肺の中がキンと痛くて、脚は半分消えたように力が入らない。

取り返しのつかない失敗をしてしまった、という焦りに蝕《むしば》まれていた。

泣きそうになりながら、とにかく急いだ。

おばあちゃんの店へと。

あのにおいをかげば――。

唯一の、希望。

やっと店に着いて、自転車を降りる。とたん自転車が倒れてしまったが、一瞬の迷いのあと、換気扇に走った。

つま先立ちになって、鼻を近づける。何度もかいだせいか、香りがとても薄く感じる。

目を閉じて何度も何度も吸い込みながら、儀式をする。まぶたの裏のピンクと青の粒々を意識して、幼い頃の感覚とつながろうとする。

——サラ！

心の中で呼びかけ、目を開けた。

いない。

由花はさらに奥へ踏み入った。店の裏に広がるハーブの庭。

小枝でそれとなく仕切られた通り道と、畑。畑は落葉と笹《ささ》に覆われ、冬ごもりの様相だ。

「サラ」

祈るように、声に出す。

でも、どこかで流れているせせらぎの音がするばかり。

ふと話し声がして振り向くと、小さな子供を連れた若い主婦たちが坂を上がってきていた。たぶん店の客だろう。

倒れている自転車と由花を見て、けげんそうな顔で通り過ぎていく。

見えなくなってからしばらく待って、由花は引き返し、自転車を起き上がらせようとする。

しゃがんでハンドルを握ったとき、惨めな気持ちが追い打ちをかけてきて、鼻の奥がツンとなった。

泣いてしまう。

「ユカ、泣かないで」

まるい灯りがともった。

そんな心地で振り向くと——しゃがんだサラが心配そうにみつめていた。

「………」

安堵のあまり顔を歪《ゆが》めた由花を、サラは迷わず抱きしめてくる。

「大丈夫よ」

「うん。うん」

ぼわりとしたぬくもりを感じながら、由花は返す。

「ありがとう。もう大丈夫」

「かなしくない?」

「かなしくない」

「さびしくない?」

「もう、さびしくない」

「そう」

サラは体を離し、畑の方を向く。

「落葉ばっかり！」

通り道を歩きながら、見回す。

「前はもっとハーブと花がたくさんあったのに」

「まだこのへんは冬なんだよ」

「春になったら、たくさん出てくる？」

「うん」

「早く来ないかしら。そしたらね、ここは白い花でいっぱいになるわ。ここは黄色」

踊るように歩きながら、畑のあちこちを指していく。

「ここは紫。ここはレモンバーム」

いきいきと楽しげにしているサラをみつめながら、由花は確信した。

——やっぱりここなんだ。

この庭が、サラと自分をつなぐ場所なんだ。

「サラ」

「なに？」

「私、ずっとここにいたい」

「いればいいわ」

「できないよ」

「どうして？」

由花は奥歯を噛んで、目を伏せた。

帯びた湿度に気づいたふうにサラが駆け寄ってきて、澄んだ面持ちでのぞきこんでくる。

「だって……学校行かなきゃいけないし」

「どうして？」

サラはさっきよりも静かな響きで聞いてくる。

「それは……学歴がないと働けないから」

由花は現実から目を背《そむ》けることができない。

「働いて、生活しなきゃだめなんだよ」

学校にも行かず、就職もせず、生きていく。そんなのはいやだった。

だから、わかっている。

ずっとここにはいられない。

「ユカはここにいたくて、働きたいの？」

「……うん、そう」

「だったら、ここで働けばいいわ」

サラのなにげない言葉が、急に雲を晴らした。

由花は、そこにあるおばあちゃんの店を見る。

「………」

ここで働く。

おばあちゃんの後を継ぐ。

ずっとここにいながら、働いて、生きていける。

由花は興奮してきた。

それはとても、現実的なことに思えた。

「それだ」

声が弾む。

「それいいかも。サラ、ナイスアイデア！」

由花がはしゃぐと、サラが白い歯を見せる。

「でしょ！」

あうんの呼吸で互いに両手のひらを上げて、胸と胸の間で合わせた。その場で小さく跳ねた。


「おばあちゃん」

店に入ると、おばあちゃんがレジカウンターで何かの手仕事をしていた。

「おかえり。早かったわね」

ちらりと時計を見て、

「まだお昼って時間じゃないけど、お腹空いた？」

「ううん」

「そうよね」

いざ面と向かうと、なかなか切り出せない。

「おばあちゃん、何してるの？」

「シールを作っていたの」

手元にラベルシールシートと、小さな籠がある。籠の中にはドライにした花びらと葉の欠片が入っていた。

「なんのシール？」

「店の紙袋に封をするものよ」

言いながら手を動かして見せる。

シートには、店のロゴが印刷された丸いシールが並んでいる。

おばあちゃんは年季の入った指先でシールをめくり、そこに花びらの欠片を挟んで
くっつける。

飾りつきのラベルシールができあがった。

「かわいい」

ただの丸いシールが、草花を挟んだだけで、おしゃれで手のぬくもりを感じさせる
ものになる。買い物をしたときこんなシールが貼られたら、きっと嬉しくなる。

やっぱりおばあちゃんは、おしゃれなおばあちゃんで、この店はすごく素敵だ。

由花は浮き立つ心の勢いで、切り出す。

「あ、あのね、おばあちゃん」

「ん?」

「私、この店手伝ったらだめかな?」

「いいわよ」

あっさりと返ってきた。

あまりに間がなかったので、由花は驚いてしまう。

「いいの?」

「ええ」

元気? と聞かれた応えのようにさらりとしている。

どうして? と理由を聞いてくることもない。でもそれはいいかげんということではなくて、ごく自然に受け入れられているのだと由花にはわかった。

「私ね」

だから、言えた。

「できたら将来、この店で働きたいって思うの。ずっと」

おばあちゃんが初めて目を丸くした。

「……だめかな?」

「まあ。へえ」

驚きました、というふうにわずかに上体を反らす。

「由花がこの店を継いでくれるの?」

面白そうな顔で尋ねた。

「うん」

由花は勢い込んで答える。

「おばあちゃんの後を継ぎたい」

そのとき、おばあちゃんは顔の皺をくしゃりとさせ、困ったような笑みになる。

けれど。

「驚いた」

そうつぶやくおばあちゃんは、どこか嬉しそうに映った。

Episode

2章
薬草店の手伝い

ニオイスミレ
サービスティー

おばあちゃんが鍵を回すと、古い木のドアがわずかに揺れる。
開けると、まだ眠った店内が。
商品棚にかけられた日よけの布が布団のよう。夜明けの薄暗さの名残《なごり》が床の片隅《かたすみ》に
ほんのり残っていた。
「じゃあ、お店の支度を始めましょう」
「うん」
由花は入る前に店の看板を見る。
『herbal shop
POLY POSY』
今日から由花は、おばあちゃんの薬草店《ハーブショップ》で手伝いを始める。

1

おばあちゃんが、入ってすぐのところにある照明のスイッチをぱちぱちと入れていく。店内が飴《あめ》色を帯び、ちょっと目覚めた感じがした。

何をしていいのかわからず、由花は立ちつくしていることしかできない。

「由花、棚にかかっている布を取っていって」

「うん」

やることができてほっとしつつ黄色い花柄の布を取ると、最初に来たときに惹かれた熊のぬいぐるみが顔を出す。

「……この布、どうすればいい？」

「たたんで」

「どうたためばいい？」

「てきとうでいいわよ」

「…………」

両手で布を広げた格好で、由花は固まってしまう。初めての店の手伝いに戸惑い、何も判断できない。

そのとき、背中におばあちゃんの手があてられた。

ささやかで、けれどじんわりとあたたかくて、頭の中の石が一瞬で崩れる。

「大丈夫よ」

やさしく言って、おばあちゃんが隣の布を取って、ゆっくりと三回折る。

由花も同じように折りたたんだ。

「この中に入れて」

壁の棚の下に、収納籠が隠れていた。作業を進めると、意識していなかった見えにくい場所に様々な収納や作業道具があって、由花は驚いた。

「次はサービスティーね」

「サービスティー？」

「お店に来てくれた人に、一杯のハーブティーをご馳走しているの」

狭いキッチンへ行き、おばあちゃんがヤカンに水を入れ、火にかける。

そして、かなり大きなティーポットを台に置いて、備えつけのハーブティーの袋から目分量で葉を入れていく。

「おおらかさが大事？」

「そう。よく覚えていたわね」

おばあちゃんはにこりと笑って、

「今日は花粉がたくさん飛ぶみたいだから、濃いめに淹れよう」

独り言のようにつぶやく。

「そのお茶、花粉に効くの？」

「そうよ。今は時期だから、そういうお茶にしているの」

なるほど、と思った。

客をもてなそうと様々なことに思いをめぐらせ工夫する発想が、由花には新鮮だった。

「なんのハーブ？」

聞くと、おばあちゃんが思い出したふうに笑う。

「そうだった。由花は後継ぎだからハーブのことをちゃんと教えないと」

そして、おばあちゃんは袋の中身を由花の手のひらに少しだけ落とす。

穏やかな香りと、乾いた感触。色と形の違う植物の欠片を指さしながら、教えてくれる。

「エキナセア」

「元々ネイティブアメリカンが傷薬として使っていたハーブで、免疫力を高めてくれるわ。癖がなくて飲みやすい」

「ネトル」

「血行促進と、アレルギーに効くわ。ミネラルが詰まった、大地のスープ」

「そして、リンデンフラワー」

「癒やしのハーブね。心を落ち着かせてくれるわ」

――エキナセア、ネトル、リンデンフラワー。

懸命に復唱する。

湯が沸いた。

おばあちゃんはミトンを着け、ヤカンから慣れた様子で湯を注ぐ。

ガラスの中でハーブが円を描き、香る湯気が立ちこめた。

「由花、そこにある魔法瓶を持ってきて」

キッチン向かいの、天然由来の洗剤などを並べたスペースの奥に、手で湯を押し出すタイプの魔法瓶があった。

取りに行くと、傍らにグラスが重ねてあった。これで提供するのだろう。

しばらくして、ティーポットの中身がほどよく染まった。

「じゃあこれは、由花にやってもらおうか。お茶を中に入れてくれる？」

「うん」

由花は魔法瓶のフタを開け、大きなティーポットをおそるおそる傾けた。お茶がさばさばと落ち、また白い湯気が薫《くゆ》る。

無事に注ぎきり、フタを閉めた。

「よくできたわね」

おばあちゃんが褒めてくれる。これぐらいで大げさだと、由花はちょっと面はゆい。

おばあちゃんが、ティーポットに残った茶殻を別の容器に入れる。

「捨てないの？」

「あとで使うの」

「何に？」

「なんだと思う？」

答えに詰まる由花に、おばあちゃんが、

「お楽しみね」

と笑った。

それからおばあちゃんはグラスを二個取って、お茶を入れる。木のお盆に載せ、

「奥でひと息つきましょう」

仕切りのカーテンをめくり、奥の部屋へ。

テーブルで斜《はす》に向かい、一緒にハーブティーを飲んだ。

前のような花の香りや甘さはない。西洋風のブレンド茶、という表現が最もしっくりくる。癖のない味の中にハーブらしい清涼感が漂っていた。

特に何かを話すわけではない。

窓越しにある朝の淡い庭を眺めながら、ひとときが流れる。

おばあちゃんは静かにゆっくりお茶を飲む。こういう時間を大切にしているのだと由花にも伝わった。

飲み終えてから、いよいよ店の外を飾っていく。

おばあちゃんが、あの小さなテーブルに植物の図鑑と花と、ネコヤナギの枝を置く。

一気にお店が開いたという雰囲気になった。

由花はハーブの苗が入った大きな箱をみつけ、それを抱える。

「由花、大丈夫？」

「大丈夫」

店の外まで運び、覚えていた場所に置いた。

「ありがとう」

おばあちゃんが言う。

この大きな箱をおばあちゃんの代わりに運べたことが、由花は嬉しかった。


「お客さんが来たわ」

ふいに、おばあちゃんが言った。

由花は入口を見るが、誰も来ない。

「由花、お茶を三つ用意して」

戸惑いつつも、魔法瓶を押してグラスに熱いハーブティーを注いだ。

そのとき、木の軋《きし》む音。ドアが開き、三人連れのおばさんたちが入ってきた。

由花は、おばあちゃんを見る。

――なんでわかったんだろう?

不思議だった。

やっぱり魔女の子孫だから特別な直感があるのだろうか。

「ここにあるお盆に載せて」

キッチンのカウンターに重ねていた木のお盆を受け取り、由花は慎重にグラスを置く。

「じゃあ『サービスティーです、どうぞ』って言って渡してきて」

「……うん」

姿勢を変えたとき、お盆の上でぐらりと揺れるお茶の重さにあわてた。

客たちに向けて、歩きだす。

人生で初めての接客体験。

さっきまでなにげなく行き来していた店の通路が急に狭い吊り橋になってしまったかのよう。脚が震えそうになる。

おばさんたちが、近づく由花に気づいて視線を向けた。

ただお茶を渡すだけなのに。

心臓がばくばくと膨らみ、前に進めない。

「………」

由花は不自然な距離で立ち止まってしまった。

「……、」

サービスティーです、どうぞ。

たったそれだけが言えない。

おばさんたちの目が戸惑いを帯び、ますます由花は追い詰められる。店員としては明らかに幼いおかげで「どうしたの？」という保護者的な色があったが、由花にとってはそれも救いにならない。

もうだめだ。そう思ったとき、

「いらっしゃい」

おばあちゃんが由花の背に手を添えつつ、愛想よく客を迎えた。

「孫が手伝ってくれてるんだけど、緊張しちゃって」

すると、おばさんたちも表情をほぐす。

「サービスティーです。よかったら」

おばあちゃんが言うと「まあ」「すみません」と由花の持つお盆からグラスを受け取っていった。

それから、おばあちゃんが接客を始める。

由花はいたたまれなくなって、奥に去った。隠れるようにキッチンに入る。

——だめだ。

自分が情けなかった。

こんなことでは、店なんて継げない。悲観が雨雲のように覆う。小さい頃すぐそばにあった「永遠にこのままかもしれない」というあどけない絶望に似た手ざわり。

「ユカ、泣かないで」

サラが、駆けつけてきた。

「ほら。また人が来るわ」

窓を指さす。

顔を近づけると、坂道から上ってくる三人の親子連れが見えた。

「そうか」

由花は思わずつぶやく。

どうしておばあちゃんがあんなに早く来客に気づいたのかが、わかった。

店の表沿いにはいくつも窓がある。そこから見えていたのだ。

謎が解けて、すっとした。

「ユカ」

サラがキッチンを出て、向かいの魔法瓶の前へ。

由花ははっと付いていき、また三杯のお茶を用意した。

家族連れはすぐに入ってこず、店の外観や入口の飾りをしげしげと見ながら写真を撮っている。まだ一、二歳の男の子を連れた若い夫婦だ。

サラが軽い足どりでドアの前まで行き、促すように振り向いてくる。

由花は倍の時間をかけてそこまで行き、片手でお盆を持ちながら、大きく息を吸って、ドアを開けた。

夫婦がこちらを向く。まだお兄さんお姉さんという雰囲気を残しているが、由花の目には充分大人に映る。

「…………」

お盆を持つ手が、こわばる。

「サービスティーです、どうぞ」

言ったのは、由花ではない。

サラが家族のすぐ前に立ち、張りのある澄んだ声で言った。

でも由花にしか見えないし、聞こえない。

サラがこちらに向き、口許に手をかざし「声に出して」とジェスチャーしながら、

「サービスティーです、どうぞ！」

笑顔で繰り返した。

「………さ、」

由花はがんばって、喉から押し出す。

「……サービスティー、です。どうぞ」

夫婦は一瞬きょとんとしたあと、すぐに理解して、

「ありがとう」

お茶を受け取った。

お盆が軽くなったと同時に、由花の心もふわりとほどけた。

「お子さんにも」

「この子はまだ飲めないかも。ごめんね」

「い、いえ……」

そういうものなのだと思った。

男の子が、ちょこちょこ歩いてテーブルの脚にふれている。こんなに小さなものが人間としてちゃんと動いていることが不思議だった。

由花は会釈して、店の中に戻る。

「ありがとう、サラ」

そっと囁《ささや》く。

「当然よ」

サラは言う。

「友達だもの」

何度もかけられてきた言葉が、水のようになじむ。

行くときはあんなに怖ろしかった通路が、今は本来の印象を取り戻している。

できた、という気持ちが心を弾ませていた。

キッチンに戻って、お盆を置く。

視野が広がったように、これまで意識していなかったまわりの色々なものが目に入るようになってきた。

柱に写真が何枚も貼られている。

猫だ。

一匹ずつ、別々の猫。

撮っている場所も様々だが、最も新しく見える写真の背景は、この店の庭だった。

飼っていた猫だろうか。

そのとき、由花はふと思い出す。

猫を拾った。

八年前、おばあちゃんの家に滞在していたとき、由花は裏の森で一匹の、病気の猫を拾った。

「サラ、そういえばさ」

話しかける。けれど、返事がない。

振り向くと、サラがいなくなっていた。

2

おばあちゃんの薬草店《ハーブショップ》には、由花が想像していたよりもずっと多くの来客があった。いっぱいになる、というほどではないけれど、さほどの間を置かずに一、二組が訪れる。

冬のシーズンオフで、森の僻地《へきち》といっていい場所の店としては驚きだ。ネットで評判がいいという母の言葉を思い出した。

でも由花は納得できる。最初に店に入ったときの宝石箱みたいな印象や、ハーブティーの鮮烈さ。来るだけで癒やされる、ゆっくりとした雰囲気がある。

サラが急にいなくなったことは少し気になったが、いやな感触はなかったので深くは考えない。初めての仕事で、由花は手いっぱいだった。

客を迎えるおばあちゃんは、いきいきしている。

相手によって頼もしい女将になったり、慈悲深い医者になったり、乙女《おとめ》みたいに笑ったりする。

そして訪れる人みんながおばあちゃんに一目置いていることが伝わる。そんなおばあちゃんを見ていると、由花はなんだか誇らしくなった。

「孫なの」

おばあちゃんが、得意客のおばさんに紹介する。

由花はぎこちなくお辞儀しつつも、くすぐったい。

「後を継ぎたいんですって」

「まあ」

おばさんは愉快そうに笑って、

「魔女の弟子ね」

やっぱりみんな、おばあちゃんを魔女っぽいと思ってるんだ。由花は腑《ふ》に落ちる。

「今日もハーブティー？」

「ええ、二〇〇グラムお願い」

すると、おばあちゃんが大きなガラス瓶を並べた棚からいくつかのハーブを選んで台に下ろす。

「私のためにブレンドしてくれたお茶なの」

おばさんが由花に教える。

「その人に合わせて調合するのよ」

おばあちゃんがあとを継ぎながら、瓶のフタを開ける。

「好きな香りや、体の具合に合わせて」

それはとても素敵だと感じた。

おばあちゃんは小さなキッチンスケールでハーブを量《はか》り、木の皿に移していく。

昔の本物の魔女はこんなふうだったのかもしれない——由花の中にふとイメージが湧いた。

その場で袋詰めされていくハーブティーをみつめながら、自分のブレンドも作ってほしいと思ったけれど、口にはできなかった。

「どうもありがとう。また来るわね」

レジで会計をすませ、おばさんが帰っていく。

「由花ちゃん、がんばって」

「は、はい。ありがとうございます……」

出ていく姿を見送った。

客足が一段落し、店に静けさが戻る。

由花は所在なく目を彷徨《さまよ》わせ、猫の写真に留めた。

「おばあちゃん、これ飼ってた猫？」

「ええ、代々の」

「でも今は飼ってないね」

「ちょっと迷ってるの。次は最後まで面倒見られるかわからないから」

せつないので、聞かなかったことにした。

「あのさ、おばあちゃん。私、前にいたとき猫拾わなかった？」

「……ああ。ええ」

「あの猫、これじゃないよね」

「ええ。すぐいなくなっちゃったから、写真はないわ」

そうだ。

病気ですっかり弱っていた猫は、拾った二日目に姿を消した。当時の由花は深く考えられなかったが、今は意味がわかる。

「死んじゃったのかな」

おばあちゃんは、ごまかしのない表情で答えた。

「たぶん」

陽が傾くと、客足がぱたりとやんだ。

由花は奥の部屋のテーブルで、おばあちゃんと文旦《ぶんたん》の皮をハサミで刻んでいる。黄色い肉厚の皮を五ミリ程度に切り落とすたび、鼻先に果汁を含んだような柑橘《かんきつ》の香りがこもる。

ざるの上に溜めた皮は、乾燥させてポプリの材料にするという。

「お客さん、急に来なくなったね」

「みんな宿にチェックインしたか、帰ったかね」

「そっか」

ディフューザーが蒸気を吐き出す微《かす》かな音と、ハーブと柑橘の混じった香りに包まれながら、おばあちゃんと黙々手仕事を続けた。

切り終えた文旦の皮を、おばあちゃんが魔法瓶のあるところに運んでいく。低い陳列棚の一角に、何日も前に置かれたらしい同じものがあった。

店の中では、色々なものが乾かされている。

天井のドライフラワーもそうだし、レジカウンターには草花が一本ずつ吊されている。それはカウンターの飾りであると同時に、ラッピングの彩りとして順番に使われていく。

すべてが自然と運び、巡っている感じがした。

「由花、庭を見にいこうか」

おばあちゃんに誘われ、ついていく。

外に出て、裏の庭へ。

白い枝でそれとなく仕切られた道と、落葉に覆われた畑。さらに奥には、冬木の浅い森が広がっている。

「この森は、キノコがたくさん採れるのよ」

おばあちゃんが楽しそうに言う。

「キノコ好きなの？」

「大好き」

「どのキノコが一番好き？」

「外国のキノコ」

「……おばあちゃん？」

「ポルチーニが好き」

わざとというふうでない無邪気な態度で歩いていく。

ちりちりと広がった白髪、意外にどっしりとした肩、丈の長いローブのような上着。

道の途中で屈み、畑の落葉に手を差し伸べる。

「キクザキイチゲが咲いてるわね」

かざした手のひらの先に、小さな白い花があった。

「こっちは行者《ぎょうじゃ》ニンニク」

「これ、ニンニクなの？」

「仲間ね。葉っぱだけど、ニンニクの香りがするのよ」

庭を散歩しながら、色々な草花を教えてくれる。

「カタクリソウ」

「ラングワート」

「スノードロップは自分の体温で雪を溶かして出てくるの」

落葉しかないと思っていた畑に実は色々なものが芽吹いて、ささやかに咲いている。

植物の名をすらすらと出すおばあちゃんを見つつ、知らないとみつけられないんだ、と由花は気づいた。

「畑の世話って大変？」

「いえ。ハーブは自分で育つ力が強いから、手を添えるくらいでいいの」

「手を添える……」

あとをついて歩きながら、弟子らしいと自分で感じて口許が緩む。

「まあ。ニオイスミレ」

紫の可憐《かれん》な花がぽつんと一輪、咲いていた。

「これはどういう花なの？」

「かなしみに効くのよ」

微笑みながら手を伸ばし、
ぶちっ。

「えっ」

由花は驚いて声を出す。

おばあちゃんがきょとんと振り向いてきた。

由花はうまく言葉にできない。

おばあちゃんは何事もないふうに立ち上がり、摘んだニオイスミレを手に庭を回り続けた。


そろそろお店を閉める準備を始めるわ、とおばあちゃんが言った。

「これで床を掃いてくれる？」

両手に、箒と円筒形の容器を持っていた。容器の中にはサービスティーの茶殻が入っている。

「あとで使うって言ったでしょ」

「それ、どうするの？」

「まくのよ」

由花は目を瞬きさせる。

おばあちゃんが手本を示すように木の匙《さじ》を使って、湿り気の残る茶殻をばらばらと床にまいた。

「一緒に掃くと埃《ほこり》が絡まってよく取れるし、お茶の香りもほんの少しだけ移るの」

「そうなの？」

「ええ。昔からあるやり方よ」

まるでなかった発想を由花が呑《の》み込もうとしていると、おばあちゃんが容器を渡してきた。

「やってごらん。全体にてきとうにまくの」

由花は見よう見まねで部屋を回りながら茶殻を散らした。

「掃きながら、ゆっくり一カ所に集めて、そのちりとりに入れて。じゃあお願いね」

奥の部屋に引っ込んでいく。

由花は使い込まれた箒を手に、湿って黒ずんだ茶殻を奥から手前へ掃き集めていく。

なんだか新鮮で、ただ掃いて集めるだけなのに楽しい。あっというまに終わった。

「おばあちゃん、終わった」

「お疲れさま」

「これ、どこに捨てたらいい？」

「庭の畑にまいてきて」

「え？」

「肥料になるのよ」

由花は改めて、ちりとりに集めた茶殻を見る。

たしかにこれは、植物だ。

「ばーっと、まいてきて」

由花はちりとりを手に庭へ行く。

傾いた陽が、梢《こずえ》の向こうから澄んだ腕を伸ばしてきている。

光と影ではだらになった庭に入り、由花は手前の畑にちょっとだけ茶殻を落とす。

そばに、さっきのキクザキイチゲがあった。

栄養をあげているのだという実感が湧いて、心地いい。

朝に淹れたハーブティーが、床を掃くものになって、最後には肥料として新しいハーブを育てる。

——すごい。

ここは、ぜんぶが回っている。

由花は胸が膨らんで、歩きながらハーブをまいていく。ひととおりまき終え、それでもちりとりに残った最後のそれを。

おもいきり腕を振り、畑の広い場所全体にまいた。

「大きくなれよ！」

笑顔で叫んだ。


表に出していたハーブの苗や図鑑がしまわれる。

商品棚に日よけの布が掛けられる。

店内の蜜色の照明がぱちんぱちんと消えていく。

かかっていた魔法が解けていくみたいで、由花はとてもさびしい気持ちにさせられた。

「なんか、さびしくなる」

「わかるわ」

おばあちゃんは応え、

「でも店は明日も開くから」

そうか。

由花ははっとして、同時に理解した。

こんなふうに毎日を過ごしているのだ。

店を開けて、客を迎え、あいまに手仕事や庭の世話をして、店を閉める。

おばあちゃんはそれを繰り返しながら、穏やかにたんたんと暮らしているのだ。

3

今日は午後まで用事があるというおばあちゃんが、知らない人を連れてきた。

「長井《ながい》さんよ」

「よろしくね、由花ちゃん」

ときどき店の手伝いをしているという長井さんは、まるっこくて体の大きなおばさんだった。

「じゃあ、あとはお願いね」

引き合わせをすませると、おばあちゃんはすぐに店を出ていってしまった。

「………」

初対面の大人と二人きりにされ、由花は固まってしまう。

「では、お店を開く支度をしましょう」

長井さんがほぐすような調子で言った。

開店準備が始まる。

作業を進めながら、由花は不安でいっぱいだった。

初対面というだけではない。この人は自分がここにいる事情を知っているのか、だとしたら内心どう思っているのか……。そんな怖さが胸を締めつけてくる。

長井さんは特になんの素振りも見せず、てきぱきと慣れた具合で手を動かしている。

午前九時になり、開店を迎えた。

由花は魔法瓶の前で所在なく立ち、逃げるように窓の外を見ている。こんなときに限って、なかなか客が来ない。

ようやく初老の男女四人組が坂を上ってきた。

由花は素早くお盆とグラスを取り、サービスティーを注ぎ始める。

「待って」

ふいに声がかかり、びくりとなった。

振り向くと長井さんがいて、窓の外の四人組をみつめている。

「たぶん、お散歩隊だよ」

「お散歩隊……?」

聞き返す間に、四人組は入口のあたりで立ち止まる。表の飾りに興味を寄せたかと思うと、すぐに通り過ぎていった。

「みんなリュック背負ってるでしょ。あれはね、これからハイキングに行く人たち」

たしかに言われてみると、いかにもそういう格好だった。

「けっこうフェイントなんだよね」

長井さんが笑うと、丸い頬に艶《つや》が浮く。

それから、上空をヘリが飛ぶときは遭難者が出たときだとか、犯人が別荘地に逃げ込んでマスコミのヘリが一日中旋回していたことがあったということを話してくれる。

やさしくしてくれているのがわかった。

由花はそれでも古いネジのように動けなくて、そんな自分が情けない。追い詰められながら、

「……あの」

ようやく、話題をみつけた。

「ん?」

長井さんは、待ってましたとばかり。

「……おばあちゃんとは、どういう」

「ああー。ここの客だったの、元々」

なるほど。

「それでね、あとで知ったんだけど、私が働いてた会社の大先輩で」

「おばあちゃん、会社で働いてたんですか?」

「そうよ。広告代理店で、バリバリやってたの。上の世代では有名人だったみたい」

由花はきょとんとしてしまう。

広告代理店で働いている姿が、ぜんぜん想像できない。

そのときふと思い出す。ここに来て初めての夜、ホームシックにかかった自分にハーブオイルで手をマッサージしてくれたとき。おばあちゃんはかつて自分が魔女の子孫だというルーツにまったく興味が持てなかったのだと。

『生意気でひねくれてたから』

「……なんで会社を辞めてハーブ屋さんになったんですか?」

「なんでだろうねぇ」

長井さんは本当に知らないとも、あえて語らないとも、どちらとも取れるふうに答えた。

昼が過ぎ、陽差しが微かに色を帯び始めた。

由花は長井さんに教えてもらいながら、庭の手入れをしている。

クマザサの茎を引っ張り出し、ハサミで切る。

やるべきことがはっきりしている作業は好きだ。由花は熱心に茎を断ち、根から抜こうと力を込める。

「そこそこでいいからね。庭は手を添えるぐらいで」

手を添える。おばあちゃんの言葉だ。

由花は昨日の記憶を連想する。

「……昨日、おばあちゃんと庭を歩いてて」

「うん」

「ニオイスミレが一輪だけ咲いてて、おばあちゃんがきれいねって愛《め》でる感じで見てたのに、ぶちって千切っちゃったの」

話しながら、自分がそのとき受けた衝撃をうまく伝えられた手応えが持てない。

「あの人、そこは両立してるから」

ちゃんと伝わったニュアンスで、長井さんがさらりと返す。

――両立。

その言葉を頭の中で響かせながら、由花は手を動かし続ける。

と、紫色の花々をみつけた。

ニオイスミレだ。

昨日摘んだ場所に、新たな花がいくつも咲いている。

由花は驚く。たった一日で、こんなに植物は変化するものなのかと。

それから作業を終え、店に戻る。

そして由花はみつけた。表のテーブルに置かれた、ニオイスミレ。

ガラスの小瓶に挿されたそれは、きっと昨日おばあちゃんが摘んだ花だ。

刹那、由花の中でいくつかの事柄がまとまりになってつながる。

花を摘む。

庭に茶殻をまく。

クマザサを切る。

新たに咲いた花。

小瓶に生けられた花。

「………」

由花はなんとなく、腑に落ちた。うまく一つの言葉にはできないけれど、そういうことなのか、と心の棚が整頓された。

4

夕方近くに、おばあちゃんが戻ってきた。

由花はほっとする。

「どうだった？」

「ええ、何ごとも」

おばあちゃんと長井さんが業務報告を始める。届いた相談メールや、精油のロットが変わったことについて話している。店長と従業員というよりは、先生とアシスタントというふうな雰囲気だ。

目が合った長井さんが、微笑みかけてくる。

自分がこのままおばあちゃんの後継ぎ候補として大きくなって、ここで三人で働いていく。

ぼんやりとだけど、その未来は想像することができた。

おばあちゃんと、家に向かって夕暮れの坂道を歩いている。

「ニオイスミレ、表に生けてたでしょ」

おばあちゃんが言う。

「うん」

わざわざふれるのは、昨日の由花の反応を気にしていたのかもしれない。意外と繊細な部分もあるのだと思った。

「今日、同じところにね、また咲いてた」

「そう」

「朝、お客さんかと思ってお茶を出そうとしたら、ハイキングの人で」

「お散歩隊ね」

「そう。長井さんが教えてくれたの」

「長井さんはどうだった?」

「いい人だった」

おばあちゃんとは、とても楽に話せる。家に着いた。おばあちゃんがドアを開ける前に、

「今日は由花にプレゼントがあるの」

おばあちゃんはとぼけるふうに笑んで、玄関に入り、階段を上っていく。

戸惑いながらついていくと、由花の部屋の前にたどり着いた。

おばあちゃんは振り返り、どうぞと言うふうにドアを示した。

「……なに？」

「………」

由花はわけもわからず、けれど漠然とした期待を抱きつつ——開けた。

瞬間。驚きのあまり、上体を引く。

部屋を間違えたのかと思った。

だって、ぜんぜん、ちがう。

由花は振り返って、廊下とドアの位置をたしかめる。たしかにここだ。何より、おばあちゃんの微笑みが間違いないと答えていた。

由花は再び部屋を見る。

ものすごく変わっている。

朝出たときは、あんな小洒落たベッドや、ジャムの瓶に挿した花と高級そうなノートを置いた机なんてなかった。

少しの本と毛糸を置いたシェルフ、シフォンケーキを重ねたような可愛い形のペンダントライト、壁に飾られたドライフラワーや麦わら帽子や小さな絵だって。

「やっと準備が整ったの」

おばあちゃんの声が聞こえる。

振り向くと、まだ何も言えない由花の反応にゆったり喜びながら、ほっとしているようにも映った。

「ほら、入って」

やさしく促してきた。

「あなたの部屋よ」

由花はふわふわと浮かんだような心地で中に入る。

おばあちゃんが新しく置いたものを一つずつ説明してくれる。

ライトは、ルイスポールセンという有名なデンマークのブランドのもので、机の足元にあるブランケットを入れた籠はジュニパーという北欧の暮らしに根づいた針葉の木材。

ベッドと机は、なんとおばあちゃんが自分でペイントしてくれたものだった。

由花は、胸を光でいっぱいに膨らませていた。

素敵な部屋というものが、こんなにもときめくものだなんて。

しかもこれが自分の部屋なんだ。わくわくとした気持ちがとまらない。

「気に入ってくれた？」

おばあちゃんに、抱きつく。

「ありがとう、おばあちゃん」

がっしりとした体。

おばあちゃんは抱き返し、あの乾いた木の皮みたいなすべすべの手で背中を撫でてくれた。

「見て」

最後におばあちゃんは、机に置いた高級そうなノートを由花にすすめる。

開いてみると、それは真っ白な日記帳だった。

「ひと月でも、たった三日でもいいからつけてごらんなさい。今の自分を書いておくの。そうしたら時間が経つごとにどんどん宝物になっていくから」

「おばあちゃんは書いたの？」

「ええ。中学生と高校生のときに」

なら、書いてみようと思った。

それからその日はずっとうきうきとして、夕食をたべているときも早く部屋に戻りたくてしょうがなかった。

ベッドに寝転がり、部屋を見渡してごろごろと転がった。

そういう気持ちを、さっそく日記に綴《つづ》った。

幸せな気持ちで眠った。

Episode

3章

不機嫌は負け

ミント　ラベンダー

パン酵母　由花のハーブティー

1

おばあちゃんの薬草店《ハーブショップ》は、水曜が定休日だった。

「由花、今夜はお茶会にしましょう」

朝ごはんを食べていたとき、おばあちゃんが言う。

「今日はとっても暖かいし、満月だし、ベランダで月のお茶会」

どう？　と聞かれ、由花は笑みがこぼれる。

「すごくいい」

わくわくした。おばあちゃんはどうしてこんなに素敵なことを次々と考えつくのだろう。

食後の洗いもの。おばあちゃんが洗って、由花が拭く。お湯でぬくもった皿の水気をぬぐうときゅっとつやつやかに光って気持ちがいい。

「じゃあまずは一緒にマフィンを作りましょう」

タオルで手を拭いてすぐ、おばあちゃんがボウルやキッチンスケールを取り出す。

「今から？」

「そうよ。天然酵母は時間がかかるから」

そう言って、奥の棚からフタ付きのガラス瓶を出してくる。

中には何種類かのハーブが水らしき液体に漬けられている。

「何それ？」

「ハーブで起こした酵母よ」

由花は驚く。

「酵母って、ハーブからでも作れるの？」

「ええ。酵母はやろうと思えばほとんどの食べ物から起こせるの」

「野菜からでも？」

「ちょっと時間はかかるけど」

「魚でも？」

「できるけど、きっと美味しくないわね」おばあちゃんが金具を上げてフタを開ける。

と、ぷしゅっという音が洩《も》れた。

「なに？」

「酵母の出したガス」

瓶の口を、かいでみなさいというふうに差し出してくる。

鼻を寄せると、丸みを帯びたハーブの香りがした。

「ハーブの匂いする」

「この風味が生地にちゃんとつくのよ」

それはものすごくおいしそうだ。

イングリッシュマフィン作りを始めた。

おばあちゃんがボウルに、酵母から作った元種と水を入れて混ぜている。

その隣で由花は、別のボウルに塩と砂糖と準強力粉を量って入れた。

「混ぜたらこっちに入れて。一気にどばっと」

「うん」

混ぜた粉を、元種のボウルにどばっと移した。おばあちゃんはそれをスプーンでかき混ぜたあと、ラップをした。

「どうするの？」

「三〇分置いてから、軽くこねるの」

これからの段取りを説明してくれる。

同じことを二回したあと、六時間発酵させて、さらに冷蔵庫で一時間。

「パンって、そんなにかかるの」

「天然酵母はね。でもその間に他の料理を仕込んだり、掃除をしたり、本を読んだり、ゆっくり時間を使えるでしょ」

それからおばあちゃんの言うとおり一緒に料理の下ごしらえをしたり、掃除を手伝ったりしながら、思い出したように生地をこねて、また置く。

なんだか時間が緩やかな秩序で流れている。こういう休日の過ごし方は、由花にとって初めての体験だった。

二度目のこねが終わったとき、おばあちゃんが今から店に行こうと言う。

「何しに？」

聞くと、おばあちゃんがお茶目に笑んだ。

「由花のためのハーブティーを作りに」

わっ、と喜びの声が出そうになる。

でも抑えた。ずっと作ってほしくて我慢していたことを知られるのが恥ずかしかった。

外はうららかだった。

すっかり通い慣れた、おばあちゃんと並んで歩く坂道の光景が鮮やかに映る。枯れ枝にぽつぽつと膨らむつぼみがある。はっきりと季節が変わりつつあるのを感じた。

店に入ると、おばあちゃんはドライハーブの瓶が並ぶ棚の前に立つ。

由花はわくわくしながらみつめる。

考えごとをするように宙に少し視線を置いたあと、おばあちゃんの手が動く。

瓶を棚から六本下ろし、ひとつずつ量をはかって大きな木皿に移していく。

「ジャーマンカモミール」

そうしながら、即興のハーブの授業が始まった。

「永遠のカモミール。女性と子供のための万能薬」

「リンデンフラワー。これは前にも教えたわね。癒やしのハーブ」

「レモンバームは気持ちが明るくなって、よく眠れるようになる」

「ヒースは、美白と美肌」

「香りとリラックスのローズピンク」

「デトックスのエルダーフラワー」

黄色い花、赤紫の花、薄い緑と濃い緑の葉、青い粒々……木皿の上でかわいい絨毯《じゅうたん》の模様のようになっている。

「ほら」

おばあちゃんが由花に見せてくる。

――これが私のハーブティー。

乾いた草と花を凝縮した、濃密な匂いがした。

それからおばあちゃんは大きな木のスプーンを左右の手に一本ずつ持って、ハーブをかしゃかしゃと混ぜ始めた。

作ってくれている、という感じが嬉しい。頭の奥がじんわりする。

同時にふと思う。客にハーブティーを調合するとき、こういう手順はなかった気がする。さっと混ぜて袋に詰めていた。

「他のお客さんのとき、こうしてたっけ」

「もうやってないけど、由花は特別」

特別。

おばあちゃんが奥からぶ厚いファイルを持ってきて、新しい紙に鉛筆でさらさらと書きつける。

カモミール　クロアチア　4
リンデン　ブルガリア　3
レモンバーム　ブルガリア　4
ヒース　フランス　4
ローズピンク　モロッコ　1
エルダー　ポーランド　4

「いろんな国から来てるんだね」

「そうよ。世界中のハーブがあなたを守ってくれるの」

風に包まれた心地がした。

ページに由花の名前と日付を書いて、ファイルに挟む。中にはこれまで来た客たちの調合表がぜんぶ保存されていた。

「ああ、そうだわ」

ハーブティーを袋詰めしようとしたおばあちゃんがふいにつぶやき、下の引き出しから小さな巾着袋を取り出した。そこにハーブティーの葉を少しだけ入れて、

「はい、由花。お守り」

「え……？」

「昔のヨーロッパの人は、ハーブをポケットに入れてお守りにしていたの。由花のハーブが、由花を守ってくれるわ」

巾着袋が、由花の手のひらに載る。

みつめて、匂いをかぐ。

ポケットに入れた。

こちらを見守る穏やかな微笑みを感じながら、やっぱりおばあちゃんは魔法使いなんだと思った。

2

できあがったパン生地は、内側からはちきれそうなくらい瑞々《みずみず》しかった。

指先に知らなかった種類の弾力を感じながら、由花は緊張している。

隣で、おばあちゃんが形を作る手本を示す。

丸めた生地を伸ばして折りたたみ、それを輪っか《セルクル》の型にぽとんと落とした。

「由花もやってみて」

「………」

手元の生地をみつめたまま、頭が真っ白になる。

動作がまったく思い出せない。ちょっとたたんだだけのはずなのに、どう折ったのか。

おばあちゃんがもう一度やって見せてくれる。注意深く追ったあと、由花はおそるおそる始めた。

「こ、こっち？」

「そう」

ぎこちなく伸ばして、たたむ。

「リラックスして。硬くなると、生地に移るから」

そう言われても、とますます困ると、おばあちゃんが苦笑いする。

「まあ、最初はできないわよね」

どうにか全部の生地を型に入れた。

濡れ布巾を掛け、最後の発酵。

予熱しているオーブンの張りつめたような気配と薄い温度が伝わる台所で、料理を仕上げていく。

外はもう、とっぷりと暗い。

いい魚が入ったのよと上機嫌のおばあちゃんの、包丁を捌《さば》くときの速さや、はぁはぁという息の荒さが由花の印象に強く残った。魚は、フライになった。

刻んだポルチーニ茸《たけ》の瓶詰めに、トリュフオイルとマヨネーズをあえたものは、パンにつけるディップ。

マッシュポテトとミートソースのラザニア。

できあがっていく料理に、わくわくした。

そして、由花のハーブティー。

広いベランダが満月に照らされている。

「月が、まぶしい」

由花は夜空を仰ぎながらつぶやく。

雲ひとつない闇に、澄んだ輪郭をした真円がある。そこから降りそそぐ光が目に染みてきた。

「たしかに今夜は空気が綺麗《きれい》ね」

おばあちゃんも月を見ている。

「月がまぶしいなんて、感じたことなかった。月光浴って、こういうことなんだね」

ベランダのテーブルに並んだ、ごちそう。

朝からたっぷり時間をかけて作った焼きたてのマフィン。

膝に掛けた毛織りのブランケットと、あたたかなストーブとランタンの光。

特別な食事が始まる。

おばあちゃんがハーブティーをガラスのカップに注いで、由花の前に置いてくれる。

そして。

「じゃあ、月のお茶会を始めましょう」

「うん」

カップをほんの少し持ち上げ、

「乾杯」

「乾杯……」

いよいよだ。

由花はプレゼントを開ける気持ちでハーブティーを口許に寄せる。そしてひと口、飲んだ。

「どう？」

おばあちゃんに聞かれ、由花は悩む思想家みたいな顔で答えた。

「すっぱい」

すっぱくて、乾いた葉の匂いがして、いかにも薬草茶、という風味だった。

「他のお茶にする？」

「ううん、これでいい」

もう少しがんばりたい。

由花は続いてマフィンに手を伸ばす。軽石に似た表面が、まだ温かい。

ちぎると、中の生地がもっちり糸を引きつつ、閉じ込められていたやわらかな湯気と小麦の香りが立ちこめた。

これまでかけた手間暇の感慨を味わいつつ、最初は何もつけずに食べた。

「……おいしい！」

もちもちとしたグルテンの食感、生地が舌で溶けはじめるとハーブの爽やかな香りがほのかに広がる。かみしめていると幸せで、これだけでも充分おいしい。

「これつけてごらん」

おばあちゃんが、ポルチーニ茸のディップをすすめてきた。

その黒い粒々をマフィンに塗り、食べる。

感じたことのない複雑なキノコの香りが鼻の奥に広がった。日本のそれとは明らかに違う、西洋の森の味。

「これがポルチーニ？」

「あと、トリュフオイル」

「生まれて初めて食べたけど、なんか、すごく不思議な香り……。おいしい」

「でしょ」

焼きたてのマフィンもポルチーニ茸のディップもあまりにおいしくて、由花はそれだけでぺろりと二個食べてしまった。

新鮮な白身魚のフライも、ラザニアも、他の料理も、手作りならではのふくよかな味わいがある。

おばあちゃんの作るものは、どれもおいしかった。

夢中になって食べて、幸せに満腹になった。

目を閉じて、頬にひんやりとあたる夜気と、足許の温かさを同時に感じている。

お茶もすっかり口になじんでいた。ハーブティーには、すっと打ち解けてくる魅力がある。

向かいに座るおばあちゃんは、カップに指をかけたまま静かに月を浴びている。

由花は、昨日からずっと気になっていたことを聞いてみることにした。

「おばあちゃんは、広告代理店で働いてたの？」

あら、というふうに見返してくる。

「長井さんに聞いたのね」

「うん。バリバリやってたって」

「そうねえ」

「なんでハーブ屋さんになったの？」

するとおばあちゃんは半分になったハーブティーの水面に目を落とす。

そして、語り始めた。

「東北の震災があったでしょ」

「うん」

由花は当時、まだものごころがついていなかった。

それが、おばあちゃんがハーブ屋を始めたこととどうつながるのだろう。

「あの日、私は仕事で横浜《よこはま》にいてね。電車とかみんな止まって、帰れなくなっちゃったの」

「帰宅難民、だっけ」

「そうそう。海沿いは揺れがひどくてね。ぜんぜん身動きが取れなくなって、まわりは非常事態で、行き場がないまま暗くなってきて……こんなことがあるのかって途方に暮れた。そんな人がまわりにいっぱいいたのよ、あの日は」

懐かしむように話すおばあちゃんの瞳に、ふいに光が差す。

「そんなときね、近くにあったレストランが店を開放して帰宅難民を受け入れてくれたのよ。とにかく屋根がある場所に入れたことにものすごくほっとして……あれは生き物の本能よね、守られた場所がほしいっていう。それで店が私たちに温かい紅茶を出してくれて、これがもう」

命に沁みるみたいだったわ。

「一杯のお茶に、人はこんなにも安心するんだって感動して、その日から、私の中ががらりと変わったの。人を癒やすことに興味が出た」

きらきらと輝いている。

由花は、以前のおばあちゃんの言葉を思い出す。

「……それで、自分のルーツ？」

「もうひとつ出会いがあったのよ」

「なに？」

「今お店になってる、あの家。元は開拓農家の廃屋だったらしいんだけど、旅行中に偶然通りかかって、その瞬間、頭にばあっとイメージが浮かんだのよ。ここでハーブのお店をやるイメージ。来る人が癒やされる止まり木のような……」

おばあちゃんがこちらを見て、はにかむ。

「一杯のお茶を出す店」

………。

聞き終え、由花はこんな驚きを抱く。

おばあちゃんにも人生があるんだ、と。

由花にとっておばあちゃんは最初からハーブ屋さんのおばあちゃんで、そうなるまでの過去と変化があることは想像の外側にあることだった。

五歳のときに会った、店を開いたばかりのおばあちゃんを思い出そうと試みる。今と変わらない気がするけれど、もしかしたらずっと若かったり、違う部分があったのかもしれない。

はるかなことを思いながら、ハーブティーを飲む。

「いかにも薬草って匂いね」

隣に、サラが立っていた。

由花はびっくりして、まじまじみつめてしまう。

「どうしたの?」

おばあちゃんが聞いてくる。

「なんでもない」

サラはおばあちゃんのすぐ隣まで歩いていき、顔を近づける。けれどもちろんおばあちゃんには見えていない。

わかっていながら、由花はどきどきして、懸命に知らないふりをしてお茶を飲む。

と、サラがいきなりこちらを向いて変顔をした。

由花は吹き出しそうになったが、どうにかこらえた。

「由花？」

「なんでもないよ、おばあちゃん」

サラはくすくす笑いながら踊るような足どりでベランダの縁《ふち》に移動し、ふいに澄ました横顔でまぶしい満月を仰ぐ。


「これ、おばあちゃんからもらった日記帳ね」

風呂から上がって部屋に戻ると、サラがまた現れた。今はとても通りのよい感覚がある。どうしてだろう。満月が関係しているのだろうか。

「すごく高級っぽいよね」

「そうね。魔法の本みたい」

「時間が経つほど宝物になるんだって」

由花は、おばあちゃんがペイントしたかわいい机に向かい、日記帳を開く。しなやかな音と、新しく高価な紙の匂いがした。

白いページに日付を記し、ふとした興で横に『満月』と書いた。

「何を書くの？」

「今日はたくさんあるよ。マフィン作ったでしょ、私のハーブティーと、あ、その前に……」

どんどんページが埋まっていく。

「わたしのことも書く？」

サラが聞いてくる。

「うん、書くよ」

鉛筆を走らせる。

『サラがおばあちゃんの横で変顔をして笑いそうになった。やめてほしい』

サラが笑う。

「笑いごとじゃないよ」

由花は唇を尖《とが》らせながらも、にやりと崩す。

それから最後にこう結んだ。

『おばあちゃんとサラがいて、ここにいるのは本当に楽しい。ずっとこんな日が続いてほしいと思う』

サラと顔を見合わせ、ささやかで誠実に微笑みあった。

3

「入学式の帰りなんだよ」

ジャケットに薄いサングラスという出《い》で立ちの中年男性が、おばあちゃんに言う。

新堂《しんどう》という名の顔なじみらしい三人家族が来店したのは昼過ぎのことだった。

妻は薄いピンクのコートを纏《まと》った美人で、夫よりもかなり年下に見える。目を伏しがちにし、夫に萎縮している気配があった。

お金持ちで、夫の力がとても強い。由花にもその関係性がすぐ見て取れた。

「もう中学生なのね。おめでとう」

おばあちゃんが、真新しい制服に身を包む女の子に声をかける。

「ありがとうございます」

彼女は行儀のいい笑顔を浮かべ、お辞儀した。

それから、ちら、と由花に目をやる。

由花の胸が乱れる。指先が冷たい。

四月に入ったがまだ春休みで、由花がここにいるのは不自然には見えないはず。不登校だなんてわかりっこない。そう思っているのに、彼女のぴかぴかの、おそらくいい私立校の制服姿が、ひどく後ろめたく落ち着かない気持ちにさせる。

由花は逃げるようにカーテンをくぐり、奥の部屋に引っ込んだ。

「このあと札幌《さっぽろ》見にいかないと」

男性の、金持ちらしい大きな話し声が届いてくる。

「この店来ると、長野《ながの》入りしたってスイッチ入る」

「このへんの良さをもっと広げていかないとって。空気って持って帰れないでしょ？」

「このあいだのプレゼンでその話出て――二人とも、買うもの決まった？　おばあちゃんに何か作ってもらいなよ」

…………。

なんだか偉そうで、いやな感じがした。

そして、だからこそ由花はついカーテンの隙間からのぞいてしまう。

「今プレゼンしてるんだけど、保養所がほんとにロッジって感じになってて」

「まあ、そうなの？」

のぞいたことを、とても後悔した。

男は、思ったとおりにいやだった。

でも、そんな客に愛想よくしているおばあちゃんの姿が、もっとずっと、いやだった。

由花はたまらなくなって、裏口から庭へ出た。

あてもなく、とぼとぼ歩く。

畑には緑や花が静かに増えていたけれど、由花の意識には入ってこない。こんなときこそサラと話したかったが、いつまでもこうしているわけにもいかない。

仕方なく店に戻ろうとしたとき、足音が聞こえた。

顔を上げると、ピンクのコートを着た彼女が庭の入口に差しかかったところだった。

「…………」

由花は固まる。

彼女は「おや」という目をしたが、すぐに微笑み歩み寄ってくる。

「こんにちは」

「こ、こんにちは」

「お孫さん？」

夫の前では萎縮していたが、今は気さくな雰囲気だった。

「もしかして、小さい頃にもここにいなかった？」

「あ……はい、一度、何日かだけ」

すると、彼女がぱっと表情を開く。

「私、そのとき会ったの。大きくなったわねぇ」

「そうなんですか……」

たしかに中学一年の娘がいるのだから、不自然ではない。ずいぶん若く見えると改めて思っていたとき、彼女が聞いてきた。


「サラちゃんは、もういないの？」


言葉の意味に頭が追いつくまで、数秒かかった。

驚きのあまり、凍りついてしまう。

「店にもいないでしょ。あのときはずっと一緒だったわよね」

話す彼女はとてもリラックスしていて、感情が読めない。

由花の心臓が、ばくばくと跳ねる。手のひらがあっというまに汗ばむ。

「……、……」

何度も喉を詰まらせつつ、おもいきって、たしかめた。

「……サラが、見えるんですか？」

すると彼女は表情に――戸惑いの色を広げた。

おかしい。

向き合いながら、何かが噛み合っていない感触がした。

それが何なのか突きとめようとしたとき、

「行くよ！」

店から出てきた男性が、彼女を呼んだ。

「はい」

とたん、また萎縮した表情に変わり、早足で彼の元へ戻っていく。

そのまま、坂道を下りて帰ってしまった。

4

由花はあれからずっと、悶々《もんもん》としている。

サラを知っているという、彼女の言葉。

なぜ追いかけて、多少強引にでもたしかめなかったのか。後悔を頭の中で何度も繰り返していた。

「……草よりも木みたいな香りがいいです」

その声で、由花は店内に意識を戻す。

――まだいる。

閉店時間が近づく中、一人の女性客が居座っていた。

「じゃあ、これはどう?」

おばあちゃんが、精油瓶のフタを開けてかがせる。

その女性客はぼさぼさの長い髪、浅黒い肌、黒いぺらぺらのダウンベストという姿。

顔が大きく表情は岩のように固まっていて、瞬きしているのかもわからない。入ってきたときから、なんともいえない違和感を由花に与えた。

そして、その第一印象は正しかったようだ。

「…………」

精油をかぐ彼女は、反応が鈍く感想も言わない。

「じゃあ、こっちはどうかしらね」

おばあちゃんが別のものをすすめる。

こういう流れが、かれこれ三〇分近く続いていた。

「……あの」

彼女がぼそりと言う。

「……やっぱり花みたいなものが」

この調子で、いつまでも決まらない。

由花は見ていて苛立《いらだ》ってくる。

本当に買い物に来たのだろうか。これがいわゆる「おかしな客」というものに違いない。

おばあちゃんは嫌な顔ひとつ浮かべず、根気よく付き合う。

「これでいい？」

「……はい」

やっと決まった。

かと思われたが。

いざ会計という流れになったとたん、彼女が貝の蓋を閉じたようになる。

おばあちゃんは察したふうに小さいサイズや、ガラスの小瓶にちょっとだけ、という提案をする。それは由花にだって買える値段だった。

しかし彼女はうつむいてふさぎこむ。まるで苦しいことが通り過ぎるのを待っているふうに。

——なにそれ。

由花は苛々が限界に達しそうになる。——おばあちゃんをこんなに付き合わせておいて。

睨《にら》んでいることを自覚する。何か言ってやりたかった。

「いいのよ、大丈夫」

おばあちゃんがそばに寄って、彼女の背中にやさしく手のひらをあてる。

それを見たとき由花は、胸の奥が火で炙《あぶ》られたような熱を覚えた。

結局、彼女は何も買わなかった。

だがすぐに帰らず、店の入口側にある商品棚をしばらくうろうろしていた。

どういう神経なんだろう。由花は頭の中にくしゃくしゃの紙を詰め込まれた心地になる。

「由花」

おばあちゃんがこちらに来て、なだめようと背中に手をあてようとしてくる。

由花はそれを、避けた。

おばあちゃんは仕方なさそうな苦笑いを浮かべ、離れていった。そうして諦められるのも、なんだかいやだった。

そんなぎこちない雰囲気のまま、閉店作業をこなしていく。

床を茶殻で掃き、庭にまいて、商品棚に日よけの布を掛けていく。

由花は、籠に入った熊のぬいぐるみを見る。

ミントとラベンダーを詰めた手作りのぬいぐるみ。

最初に店に来たとき惹かれて以来、確認するのがくせになっていた。

――一個売れてる。

二〇〇〇円という金額は由花には出せないし、おばあちゃんにもねだりたくない。

働く側に立った今は、ちょっと買いにくさもある。でもずっと欲しい気持ちも持っている。そういうものだった。

「あら……」

今日の売り上げを確認していたおばあちゃんが声を洩らす。

「……どうしたの？」

気になって聞くと、おばあちゃんはちょっとかなしそうな顔で答えた。

売り上げと、熊のぬいぐるみの数が合わない。

おばあちゃんはそれ以上言葉にしなかったけれど、由花は起こったことをすぐに悟った。

熊のぬいぐるみが、万引きされた。

5

「絶対あの人だよ」

由花は訴えた。

「だって、あのへんずっとうろうろしてたもん。絶対あやしい」

確信していた。

おばあちゃんは奥の部屋のテーブルの、窓を背にしたいつもの席にいて、もの思うふうな沈黙。

「おばあちゃん」

「まだ決まったわけじゃないわ」

静かな、きっぱりとした返事。

「絶対そうだって。盗みそうなの、あの人しかいないじゃん」

言いながら怒りが募ってくる。

「おばあちゃんのことさんざん付き合わせて、なんにも買わなくて、最初見たときからこの人おかしいって雰囲気が——」

「由花」

たしなめる響き。

初めて聞くおばあちゃんの強い声に怯《ひる》んだあと、憤りが増幅する。

わかりきっていることなのに、どうしてあの人をかばうのか。なんで一緒に怒ってくれないのか。

頭の中に様々なことがよぎる。

浅黒い岩みたいな顔。おばあちゃんから背中に手をあてられていた。熊のぬいぐるみを盗《と》った。

許せない。

違反をした人は、厳しく罰せられないといけない。

「警察に通報しようよ」

すると、おばあちゃんが困ったような笑みをする。そこにあるなだめてくる大人の色が、ごまかしみたいですごくいやだった。

「そこまですることじゃないわ」

「なんで！」

声が爆《は》ぜた。

顔中に血が集まって、指先がびりびりする。耳鳴りがするようだ。

ディフューザーからのぼる白い蒸気が部屋に溶ける。そのあわいにのせるように、おばあちゃんが言う。

「不機嫌は負けよ」

「………そういう話じゃなくてさ」

唇をこわばらせながら返す。

「ちゃんとしなきゃいけないじゃん」


結局、そのままになった。

由花は夕食を拒否し、部屋に閉じこもっている。

ベッドにうつぶせになりながら、感情の濁流を血よりも速く巡らせている。

あの女性客が、思い出すごと、どんどん醜《みにく》い姿に変わっていく。

――あいつ。

――あの貧乏人。

心の中で何度も泥を投げつけた。

「ねえ、サラ……」

さっきからずっと呼んでいるけど、出てきてくれない。

今の自分の心がきれいじゃないからだろうか。でも。だって。

そのとき、ノックが響いた。

由花。

ドア越しの、おばあちゃんの声。

由花は、返事をしない。

いま新堂さんから電話があってね。

おばあちゃんが告げる。

娘の綾菜《あやな》ちゃんが盗んだ熊のぬいぐるみを返しにくるって。


「本当に申し訳ない！」

昼間に来た金持ちの中年男性が、玄関で深々と頭を下げる。スーツに着替え、サングラスも外していた。

彼の隣では、娘があの新品の制服姿で同じように頭《こうべ》を垂れている。

彼女が、万引きの犯人だった。

「どうして盗んだのか話しなさい」

父親が厳しい声で命じる。

娘はうつむいたまま何も言わず、目に涙を浮かべ、こぼし始めた。

「泣けば許してもらえると思っているのか！」

「新堂さん」

おばあちゃんが止める。

娘を挟んだ反対側に立つ母親は、お辞儀の姿勢のまま固まっている。

「言えばいくらでも買ってやったのに……なんでなんだ」

父親は心の底から戸惑い、動揺しているようだった。

「……ごめんなさい」

娘は睫毛《まつげ》を濡らしながら、それだけを言う。それ以上のことはもう、出てこない気配だった。

「……すみませんでしたっ！」

父親が、いきなり土下座した。

「今すぐ警察を呼んでください！」

「いいわよ、警察なんて」

おばあちゃんが彼の肩に手を添え、立ち上がるよう促す。

由花は心の冷めた部分で、彼の土下座が「警察沙汰にはしない」という相手の言葉を引き出すための建前だと見透かしていた。おばあちゃんはそれをわかりながら付き合ってあげている。お約束のようなものだと。

同時に、土下座した父親を見下ろす娘の泣き顔の奥にある、妙な穏やかさにも気づいた。これはどうしてなのかわからない。

でも、由花は今、それどころじゃなかった。

愕然《がくぜん》としている。

犯人が、違っていたことに。

浅黒い岩みたい。この人おかしい。あいつ。貧乏人――。

投げつけた泥と、抱いた感情の汚らしさが、自分に襲いかかってくる。醜い部分と向き合わされる。

それからしばらくして、親子三人は何度も頭を下げ、帰っていった。

見送っていたおばあちゃんがドアを閉めて、由花に振り向く。

「どうしたの」

かけてくる微笑みは、何もかもわかっている顔。すべてをおおらかに受け入れてくれている。

由花は抑えきれなくて、肩を震わせた。

おばあちゃんがそよ風のように近づき、抱きしめてくる。

由花の瞳から、じゅわっと涙が押し出された。

「……おばあぢゃん……」

濡れて、鼻を詰まらせながら、

「………私……自分が恥ずかしい……」

かなしさと、情けなさが、こんこんとあふれ出る。

嫉妬していた。

私の大好きなおばあちゃんに、やさしく手をあててもらっていたこと。

ずっと欲しくて我慢している熊のぬいぐるみを手に入れられたこと。

そういう卑しい妬《ねた》みが、自分を曇らせていた。濁らせていた。自分はもっと、いい人間だと思っていたのに――。

「恥ずかしくていいの」

おばあちゃんが背中をさすりながら言う。

「恥ずかしいって思える由花は、立派よ」

やさしくされて、涙が増える。

「……ごめんね、おばあちゃん」

「由花は繊細で素直な子ね。私は本当にいい孫を持った」

おばあちゃんのあたたかな樹みたいな体にしがみつき、由花はありったけ泣く。

怒って、恥ずかしくて、泣いた今日のことを忘れないと思った。

6

「おばあちゃん、だいたい終わった」

由花は閉店作業の完了を報告する。

もうすっかり手順を覚え、一人でこなせるようになった。

「ありがとう」

おばあちゃんは奥の部屋のテーブルでブーケを仕上げている。知り合いに頼まれ、講演の席に添えるものなどをよく作っていた。

ハーブを束ねたブーケを「ポージー」という。小さな幸せという意味を持ち、店名の『POLY　POSY』の由来でもあった。

ほどなく、おばあちゃん独特の、清楚《せいそ》でかわいらしいブーケが完成した。

「私はこれを届けてくるから、由花は先に帰っていて」

「……ねえ、おばあちゃん」

「なに？」

由花は、先日からずっと気になっていたことを推理し、仮説を立てていた。

それをたしかめる。

「拾った猫さ……名前ってあったかな?」

『サラちゃんは、もういないの?』

彼女が聞いてきた「サラ」。

もしそれがあの猫の名前だったら辻褄《つじつま》が合うと思った。猫と一緒にいたときに、彼女と話したのだと。

「いえ」

おばあちゃんはあっさりと否定する。

「すぐにいなくなっちゃったから」

「……だよね」

「どうかしたの?」

「ううん」

推理は外れ、謎は謎のまま残る。

店が終わっても、まだまだ陽が残っている。

コートがないと歩けないけど、確実に季節が移り変わっていることを感じた。

――ちょっと散歩しようかな。

由花はなんとなく気が向いた。

これまで店と家の往復しかしてこなかったが、このあたりを見て回ろうと、ふとそういう気持ちになったのだ。

坂を下り、脇道に入る。

すると、住宅地があった。

欧風の意匠を凝らした家が多い。庭にテーブル付きのガゼボが置かれていたり別荘かとも思えたが、コンパクトカーが駐まっていたり、暮らしている気配もある。ただ人影はまったくなく、静まりかえっていた。

奥の大きな家の前に、銀色の大きな彫刻が飾られていた。下から照らすライトまである。

由花は近づき、変わったことをする人がいるなと思いながら眺める。

「パイナップルみたい」

サラが現れた。

「ほら、この形」

両手を広げて、オブジェの扇形を示す。缶詰のパイナップルに似ていると言いたいのだろう。

ススキ色の髪、深い青のワンピース、白い花の髪飾り。

久しぶりに会った気がした。

前に会ったときからそれほど離れていないのに、なぜか由花はそう感じた。

サラと住宅を見て回り、坂道に戻る。

「ねえユカ。この上には何があるのかしら」

サラが指さしたのは、道を挟んだ向かいにある小山だった。

木々の陰りで先に何があるかは見通せない。何かが隠れていそうな奥。サラはこういう場所が大好きだ。

「のぼってみましょうよ」

いつものように誘ってくる。

これまで由花は、一度もそれに乗ったことがなかった。面倒だし、そもそも興味が湧かない。けれど――

「うん」

由花は今、それもありかな、と思えた。

「のぼってみようか」

すると、サラは無垢《むく》にはしゃいだ。

跳ねるような足どりで、アスファルトから地続きの、盛り上がった土に踏み入っていく。

由花も続く。踏んだ落葉がぱちぱちと鳴る。

入ってすぐの場所で、折れた大木が横倒しになっていた。

「見て！　折れたところに松ぼっくりが挟まってるわ」

「ほんとだ。どうやってだろう」

杉の間を縫い、羊歯《しだ》の茂る勾配を進む。

ほどなく、視界が開けた。

平らな原っぱで、去年の忘れもののようなススキがからからになりながら広がっている。ここが頂上らしい。

「ねえ」

「うん」

由花とサラは、同じものを見ていた。

左側にある枯木のまわりだけ、ススキが生えていない。

木を中心に半径二メートルほどの円。刈り取られたわけでも、ミステリーサークルのようになぎ倒されたわけでもない。

ただ、自然と、生えていない。落ち葉が薄く覆うだけ。

「どうしてかしら」

「さあ……」

日常に現れた不思議な光景。きっとつきつめれば合理的な理由が明らかになるのだろうけど、不思議なままで受け入れることにした。

「座ってみましょ」

「うん」

由花はサラと、木の根元に並んで腰掛ける。

でもサラはすぐに立ち上がって、環《わ》の境目に沿って歩き始める。探偵ごっこのように楽しげに地面をみつめていた。

「ねえサラ」

「なに？」

「あの子、なんで万引きしたのかな」

「ほしかったからよ」

「でも、言えば買ってもらえたっぽいじゃん。それに私、気になってて」

サラが興味を惹かれたふうに振り向いてくる。

「お父さんが謝ってるとき、あの子、なんかすっきりした顔してた。なんだろう、やさしいまなざしっていうか……愛でるっていうのかな……」

サラは途中から探偵ごっこを再開し、境目を越えてススキの原に入っていこうとする。

「ねえサラ」

真面目な話をしてるんだけど、という響きで呼び止めると、サラが振り向いてくる。

何も考えていないふうなその仕草に由花は、子供っぽいなぁ、という感覚を浮かべた。

「どういうことだと思う？」

サラは上を見て、それから、

「きっと、びっくりさせたかったのよ」

と笑う。

「お父さんをってこと？」

「ええ」

応えて、自由に原っぱを歩きだす。

由花は木にもたれ、息を吐いた。

枝に、揚げたえびせんのように巻き上がった枯れ葉がくっついている。

――ああでも。

由花は思い直す。意外と、サラの言ったことが真実に近いのかもしれないと。

あたりは森《しん》としている。木々のもたらす特有の静けさ。空気の透明感。どこかで薪を焚《た》くにおい。

サラが隣に座ってきた。

並んで夕空をみつめる。

「ユカ、スーッコね」

なんとなく気分がいいときに使う、二人だけのオリジナルの言葉。

「うん。スーッコだね」

それを口にしたとき、由花はほんの少しの気恥ずかしさを覚えた。

小山を下りて坂道に出ようとしたとき、由花は驚いて声を出しそうになる。

長いぼさぼさの髪、黒いダウンベスト。

あの女性だった。

店のずっと手前で立ちつくしている。行こうかどうか迷っている様子。

由花は、おばあちゃんから彼女の事情を聞かされていた。

彼女が最近まで精神科に入院していたこと。その関わりから、自由にできるお金がわずかであること。

「…………」

由花はポケットに手を入れ、お守りを握りしめた。おばあちゃんの調合してくれた、由花のためのハーブが入ったお守り。

「ねえユカ」

サラの言葉とぴったり同時に由花は動いていた。早足で藪《やぶ》を抜け、

「……あのっ！」

彼女が振り向き、大きく目を開く。怯《おび》えたふうにこわばる。

由花はしまったと思い、どうしたらいいか焦った。そのとき、

「……あ……あ……」

彼女は後ろのポケットに手を入れ、ぎこちなく財布を取り出して見せる。

「ちゃんと……今日はちゃんと買えます」

刹那、由花の胸が締めつけられた。

そして、やさしい感情が湯のように湧き出た。

「すみません。今日はお店、終わっちゃったんですけど……」

鼻声になっている自分に気づく。

「また、明日、いつでも――あ、水曜以外の、一七時まで。そのとき、また来てください。私、待ってますから」

すると、心が伝わったふうに、彼女の目がやわらぐ。

それから何度も振り返りながら坂を下りていった。

最後まで見送ったあと、由花は自分の少し後ろに立つサラに振り返る。

綺麗な白い歯をこぼして笑っていた。

Episode

4章

小林君という男子が来た

お守り

1

由花はすっかり仕事に慣れた。

「サービスティーです、どうぞ」

お茶を振る舞うときも笑顔を出せるようになったし、客のいない間に洗いものをしたり香りのテスター用の厚紙を切ったり、自分で仕事をみつけられるようになった。

おばあちゃんにも「そろそろお客さんにハーブの説明をできるように」と次のステップをほのめかされている。

充実していた。

窓の外にもつねに気を配れるようになっていて——今、坂を上ってくる人影を捉えた。

三人連れの親子。

知的で堅実そうな父親と、シンプルでセンスのいい身なりをした母親。そして由花と同年代の男子。

彼が、由花には光って見えた。

顔立ちが垢抜《あかぬ》けていて、すらりとしていて、目を引く雰囲気がある。

窓を通り過ぎるとき、由花は背を向けてしまう。

店の客だろうか。違うだろうか。

緊張する。どちらがいいのかわからない。

ちらりと窓を振り返る。

母親がスマートフォンで店の外観を撮っていた。

客だ。ほぼ確定だった。何度も目にしてきたおきまりの行動だった。

写真を撮り終え、三人が入口に吸い込まれる。

がたん、とドアが開く音。

――入ってきた。

店内に、彼が。窓を隔てない同じ空間に入ってきた。

解像度が上がって、存在がリアルになる。やっぱり光っているよう。男子がこんなふうに映るのは、由花にとって初めてのことだった。

心臓がぱくぱくとして、息が浅くなる。

と、おばあちゃんがいつものように奥からさりげなく出てきて、接客に向かう。

由花ははっと、忘れていたことを思い出す。

グラスを三つ取り、魔法瓶を押してサービスティーを用意した。

お盆を手に、おばあちゃんの後を追う。

歩きながら、初めてのときの緊張がよみがえった。でも今は重ねてきた経験があるから、どうにか。

「サービスティーです。どうぞ」

夫婦はおや、という目をして、それから社交的な笑みを浮かべ「ありがとう」と受け取る。

彼もグラスに手を伸ばしてきた。

「ありがとうございます」

爽やかで頭の良さそうな声だった。映画で耳にしそうな高く澄んだ響き。

目が合う。

利発なまなざしと、微笑んだ頬の洗練された線。

同じ年頃の男子はめったに来ないが、それでも何人かはいて、彼らはいつも居心地の悪そうな顔をして、受け取ったサービスティーをおいしくなさそうにする。

ぜんぜん違った。

ぼぉっとしていたとき、手元に不穏な重さ。

力が抜け、お盆が揺らいだ。

立て直そうとするが間に合わず、グラスが倒れてしまった。中身がこぼれる。

「すいません！」

泣きそうな声が出た。

「ごめんなさいね」

おばあちゃんが、すかさず言う。

「服にかかってないかしら？」

「はい、大丈夫です」

彼が答えた。

「下にもこぼれてないわね。由花、入れ直してきて」

由花は逃げるように引き返す。

何やってるんだ、と普段の何倍もへこんだ。

それから、おばあちゃんが三人を接客している様子を、待機の定位置になった魔法瓶のコーナーからうかがっている。

母親はやはりこの店を知っていたらしく「ずっと来たかったんです」と熱心におばあちゃんに語っている。

彼は、しばらく一人で商品を見て回っていたが、ほどなく持てあましはじめた。たしかに男子にはあまり面白くないだろうと由花も思う。

すると彼が両親の元へ行き、言った。

「外を見てきてもいいですか」

丁寧語に由花は驚き、育ちの違いを感じた。当たり前だけど、世の中にはいろんな家がある。

「ええ、いってらっしゃい」

母親も上品に答えた。

彼は店を出て、庭に入っていく。

由花は目で追い、見えなくなると、商品棚をチェックするふりをして庭に面した窓に近づき、盗み見た。

彼は下を向きながらゆっくりと庭を回っている。漠然とではなく、何かを探しているふうだった。

――なんだろう。

もしかして、花に興味があるのだろうか。

そのとき、彼の表情が変わる。みつけた。

彼が道を越え、落葉に覆われた畑に踏み入ってしまう。

「――！」

由花は店を飛び出した。

「そこ入らないで！」

駆け寄りながら言うと、彼が振り返る。

「畑です、から」

すると彼は、あわてて道に出た。

「すみません」

「……………」

厳しい面持ちで向き合いながら、由花は心の中でますますへこんでいた。

お茶はこぼすし、うるさく注意するし、きっと印象は最悪だ。どうしてこうなったのだろう。

見過ごせばよかったのに。こんな形でも関わりたかったのだろうか。

うつむいていた視界に、彼の手。何か握っていることに気がつく。そこで拾ったものだろうか。

するとと彼が、もう片方の手で頭をかきつつ、由花に握っているものを見せる。

「これが気になって」

石だった。

薄い碧《みどり》と、深い青と、吹き付けたような白がまだらになっている。まるで地球のようだ。

由花は顔を上げた。

「集めるのが趣味なんです」

彼がはにかむ。

まっすぐ向き合えなくて、またうつむく。心の重力がなくなっているような状態。

「……変わってますね」

なんでこんなことしか言えないんだろう。

彼が笑った。

森によく通る笑い声だった。

「そうかもしれませんね」

とても大人びている。クラスにいた男子たちと同年代とは思えない。

「あの、これ持っていってもいいですか?」

「……どうぞ」

「ありがとうございます」

そして会話が途切れる。

わずかな間なのに、由花はひどく焦る。

「このあたりは星がよく見えますか?」

彼が聞いてきた。

由花は一瞬きょとんとなり、思い浮かべる。

星はきちんと見たことがない。でも、月はとてもまぶしくて綺麗だった。

「はい、だと思います」

「そうですよね」

知っているような口ぶり。

「実はぼく――」

そのとき、彼の両親が店から出てきた。

目で彼を呼ぶ。

「じゃあ」

そう言って、彼は両親の元へ戻っていく。

由花はどうすることもできずに立ちつくし、去っていく彼の背中を見送った。


「親に丁寧語でびっくりした」

由花は、やっと自然な流れで話題にできたと思った。

夕食の後片付け。いつものようにおばあちゃんが食器を洗い、由花が拭く。

あのあとすぐ手伝いに来た長井さんから「何かいいことでもあったの？」と聞かれたから、なんとなく話しづらくなっていた。

「ああ、小林《こばやし》さんね」

「小林さんっていうの？」

おばあちゃんは、長く会話した客の名前はだいたい把握する。

「ええ、何日かいらっしゃるみたいね」

由花の頭の奥がふわりと浮いたようになる。

――小林君っていうんだ。

――何日かいるんだ。

ハーブオイルを入れた湯船に浸かっているときも、ずっと考えている。

今こうしている間にも、近くのどこかに彼がいるのだなあと。

まだ寝てはいないだろう。起きて何かをしているだろう。あの石を見ているのだろうか。

風呂から上がり、部屋に戻って日記の新しいページを開く。

『小林君という男子が来た。親にも丁寧語で育ちがよさそう。畑に入ったから注意した』

畑に、以降の文章を消しゴムで消す。

『石を集めているらしい。変わっている』

光って見えたこと、笑い声が森によく通ったこと、長井さんに「何かいいことあったの?」と聞かれたこと。そこに伴う気持ち。綴れることはたくさんあった。

でも、誰に読まれるわけでもないのに、そういうことを文字にするのは恥ずかしかった。

2

次の日は定休日だった。

「由花、いいところがあるから買い物に行きましょう」

車で出かけることになった。

おばあちゃんの車は青くてずんぐりしていて小さい。曲がった坂道を下りていくときの運転がママに比べてたどたどしいのが、ちょっとかわいいと思った。

これまで行ったことのない方向だ。まっすぐの道路に入ると、左手に黒い山脈が見えた。

東京から来るときにも見えたあの大きな山が、八ヶ岳《やつがたけ》らしい。この地に来てから、いたるところで目にする。

「鯉《こい》がくっきり出てるわね」

おばあちゃんが言う。

「えっ、なに？」

「山の雪の形。二匹の鯉が浮かんでいるように見えない？　もうじき春が来る証《あかし》」

「ふぅん」

由花は山の雪をみつめるが、どれがその形であるかは正直わからなかった。

ほどなく、目的地に着いた。

そこは「自然農園」という名の地産食材を扱うスーパーらしい。

広い駐車場に車を駐め、店に向かう。

入口の周辺に様々な商品が並べられていて、その内容に由花は驚く。

「薪が売ってる」

ワイヤーで留められた束がいくつも積まれ、値札が付いていた。

「ここのは高くてダメね」

「そうなの？」

相場がわからないので、自分ならなんの疑問もなく買っていただろう。

「種芋」

男爵やキタアカリなど色々な種類がラックに並べられていた。

薪や種芋が、店の入口に陳列されるほどの日用品だということだ。

日本は広く、土地ごとの暮らしがあるのだということを由花は実感した。

店内は、見たことがないものやおいしそうなものでいっぱいだった。

豆がやたらと豊富に揃《そろ》い、寒天や、つきたてと表示のある米袋、味噌《みそ》。観光案内のコーナー。

由花がそそられたのは、特産である牛乳、チーズ、ハムやウインナーといったもの。

「由花はどれが食べたい？」

「いいの？」

「もちろん」

とたんにわくわくして、肉のコーナーを見て回る。

おばあちゃんは買い物かごに萱草《かんぞう》とふきのとうを入れていた。

「萱草は、おひたしにするとシャクシャクしておいしいの。ふきのとうはみそ汁に。苦味が鮮烈でいいわ」

おばあちゃんは料理が好きだ。

外国の市場《いちば》に行ったとき、知らない現地の人に「これどうやって料理したらいい？」と聞かれたらしい。雰囲気が出ているのだろう。

由花は迷った末、モッツァレラチーズとウインナーとベーコンを選んだ。

「ここでお昼にしていきましょうか」

隣の建物がベーカリーになっていた。

焼きたてのパンや、地産のワインと日本酒が並ぶ売り場の奥に、広いカフェスペースが設けられている。

お洒落でありながら、席と席の間がたっぷりとられているのが印象的だ。

窓際のテーブル席におばあちゃんと向き合って座ると、店員がランチメニューを持ってきた。

地産の野菜や肉を使ったパスタや、鶏料理、スモークサーモンのバゲットサンド。

どれもおいしそうで迷う。

「おばあちゃん、どれがおすすめ？」

「スモークサーモンがおいしいから、このサンドイッチがいいんじゃない」

「トマトソースのパスタにも惹かれてるんだよね」

「じゃあ、それは私が頼むわ」

「ほんと？　やった」

注文をすると、ほどなくセットのスープが運ばれてきた。

オリーブオイルが垂らされた、小さなポタージュ。

「……おいしい」

やさしい味だが薄くなく、素材のよさがしみじみと沁みてくる。

そして、スモークサーモンのバゲットサンド。

噛んだ瞬間、パンの表面がパリッと鳴った。

サーモンはなめらかで脂がのっているのに、さらりとしている。強い主張はないけどしっかり旨味が深くて、なんだか日本そのもののような味だ。何より、これを食べたら体が健康になっていくだろうなとわかる食べ物だった。

「すごく、おいしい」

「でしょ」

おばあちゃんが満足げに応えた。

由花はバゲットサンドを頬ばりながら、窓の外を眺める。

駐車場の向こうにのんびりとした山と、水の気配。すべてが静かで落ち着いている。

「いいところだね」

つぶやく。ここにいたら病気にもならない気がした。

「由花」

トマトソースのパスタを取り皿に分けながら、おばあちゃんがこう言う。

「いたいだけ、ここにいていいからね」

「…………」

四月に入り、春休みが終わるまであとわずかしかない。このままいけば自動的に中学二年生になる。

だからおばあちゃんは、今、さりげなく伝えてくれた。

「うん」

胸の内で、水と湯がまざったような心地になる。

「こんにちは」

ふいに声がした。

由花は振り向いて、驚きに目を開く。

そこには、昨日来店した三人家族が立っていた。

知的で堅実そうな父親と、シンプルでセンスのいい身なりの母親。

「あら、小林さん」

そして——彼がいた。

相席することになった。

由花は目を伏せたまま動けずにいる。

なぜなら、向かいの席に彼――小林君がいるからだ。

あんなにおいしいスモークサーモンのバゲットサンドにも手をつけられていない。かぶりつくところを彼に見られるのが恥ずかしかった。食べかけも本当は隠したい。

「おいしい」

小林君の母親《おばさん》が、サーモンのサラダに舌鼓を打っている。

「やっぱり水と空気が違うからでしょうか」

「そうね」

おばあちゃんがゆったりと応える。

小林君は山賊焼きというスパイスを効かせた地元の鶏料理を食べている。ナイフとフォークを慣れたふうに使いながらも、やはり男子らしく早いペースで減っていく。

由花はそこにまぎれるように、ちょっとずつバゲットサンドをついばんだ。

ちらりと見たとき、彼と目が合い、あわてて逸らす。

「寄って正解だったわ。ねえ」

おばさんが夫に言い、それからおばあちゃんに向かって、

「これから天文台に行くんです」

「あら、いいわね。旦那さんのご趣味?」

「いえ、彼です」

おじさんが息子を見る。父が子を彼と呼ぶ場面に、由花は初めて遭遇した。

「星が好きなの？」

「はい」

彼がしっかりとおばあちゃんに視線を向けて答える。

「宇宙に興味があります」

「まあ。立派」

彼はなんともいえないふうにはにかむ。

「帰る前にもう一度お会いできてよかったです」

おばさんが言う。

「いつお帰りになるの？」

「天文台を見たあと、そのまま帰ります」

由花の胸が、きゅっと冷たくなった。

彼が帰ってしまい、きっともう二度と会えないことが、感じたことがないほどにさびしかった。けれど、どうしようもない。

そのとき。

「ねえ小林さん。図々《ずうずう》しいお願いなんだけど」

おばあちゃんが切り出す。

「天文台、由花も連れていってもらえないかしら？」

驚いて、振り向く。

「ええ、いいわよね、あなた？」

「もちろん。帰りにお店に寄ればいいですか？」

「そうしてもらえると助かるわ。ありがとう」

あれよというまに話がまとまり、おばあちゃんがそっと由花に目を向けてくる。

ささやかな魔法をかけた魔女の微笑みを浮かべていた。

3

よその家族の車に乗るのは、小学生のとき以来だった。

由花は後部座席で、置物のようになっている。

隣に、彼がいる。

どうしていいかわからなかった。今すぐ車を降りてしまいたいような、ずっとこのままでいたいような。

「由花ちゃんは、いつもお店を手伝ってるの？」

おばさんが、緊張を見て取ったふうに話しかけてくる。

「いえ、今回が初めてです。春休みの間だけ、東京から」

早口に、たくさんしゃべってしまう。

「――へえ。幼稚園のとき以来なの」

「そうなんです」

変なテンションになってしまい、いつになくはきはきとした声が出た。

続けながら、彼の存在をずっと左側で意識している。

一段落し、座席に深くもたれかかった。それまでずっとそうしていなかったことに気づいた。

ちらりと左をうかがう。彼は窓の外を流れるのどかな景色を眺めている。

由花の中に、高揚した気分がまだ残っていて、

「宇宙に興味を持ったのって、何がきっかけだったの？」

そう話しかけることができた。

彼は自然な間合いで振り向く。

「図鑑。小学生のとき買ってもらった、宇宙の構造とか謎について書かれたものを読んで」

「それで、はまったの？」

「うん」

「宇宙の謎って、たとえば？」

「星の分布に偏りがあるのはどうしてかとか、ダークマターの正体とか。その図鑑には書いてなかったけど、そもそもそんなものは存在してないっていう説もあって。最新の宇宙望遠鏡の観測結果が……」

そこまで話して、彼がはっとなる。

「いや、なんでもない。ごめん」

窓の方を向き、首の後ろに手をあてる。

その「なんでもない」というちょっと気取った言い方や、やっちゃったなぁという表情を目にしたとき、由花はなんというか、初めて彼が人らしく見えた気がした。


着いたとき、天文台という風情はまるでない。

このあたりではすっかり見慣れた観光の案内標識と、広い駐車場。一本奥の曲がり角に大きな牛のマスコットが置かれている。

車を降りて入場ゲートに着くと、遠くに大きなパラボラアンテナが見えた。

ゲートの小屋で、係員から電波観測施設なので携帯電話の電源を切るか機内モードにするよう言われる。

あとは自由に見学していいですよ、というおおらかな雰囲気だった。

入場すると、ほどなく景色が広がった。

見晴らしのよい平野に、同じ形をした大小のパラボラアンテナが並んでいる。

「遺跡みたい」

由花はつぶやく。

「たしかに」

おじさんとおばさんが同調する。

「モアイやストーンヘンジの感じに似ているね」

古代遺跡に漂う特有の静けさと、のどかさ。それに近いものがここにはあった。

隣の小林君を見る。

彼は身じろぎせず、いっぱいに開いた瞳で光景を吸い込んでいる。体の内側から振動しているかのよう。

「すげえ」

きっと、学校の友達と話しているときの率直な口調がこぼれた。

まずは最初から見えている巨大なパラボラアンテナに向かった。

真下に着くと、あまりの大きさに遠近感が怪しくなる。

空を仰ぐお椀《わん》の形をしていて、中心に細い棒を束ねた三角形が立っている。まるでおしべのついた花のようだ。

これは、電波望遠鏡なのだという。

「こんな形なんだね」

「筒みたいなやつをイメージしてた？」

「うん」

「アンテナで宇宙からの電波をキャッチして、コンピューターで画像にするんだ」

「そうなんだ」

本当に好きなんだなと由花は感じた。そして、男子らしい。

彼が説明パネルを熱心に読む。各部分の図解を、食い入るように。

そのあと大人たちとは自然と別行動になった。小林君は施設を回り、大小のアンテナやそれを運ぶレールや、説明パネルを丹念に見ていく。

由花はぼんやりとついていく。正直興味はなかったけれど、何かに夢中になっている彼を見るのは不思議と心が安らいだ。

「これは小さいアンテナを並列に……たくさん並べて同時に使うことで、大きい望遠鏡並の解像度を出してるんだ」

由花にも彼なりにかみくだいて説明してくれる。

内容については「そうなんだ」というくらいだったが、気にしてくれていることが嬉しかった。

「これ、なんだろう」

由花は面白そうなものをみつけた。

『パラボラでお話ししよう』

薄緑にペイントされたひと抱えほどのパラボラアンテナが、学校のプールくらいの距離で向かい合っている。

説明パネルによると、声が反射して向かいのアンテナに届くらしい。「ひそひそ声で」と書いてある。そこまではっきり聞こえるのだろうか。

「面白そう」

「やってみよう」

そういうことになり、それぞれの位置に立った。

彼がこちらに手をあげ、アンテナに向かう。

『聞こえる?』

耳許で彼の声がした。

「うわっ」

思わず口に出すと、

『えっ』

彼も驚いたようだった。

それほどくっきり、そばで言っているように響いた。

『こんなに聞こえるんだな』

「びっくりだね。科学ってすごい」

『将来、ここで働きたいな』

彼が言う。

『ここじゃなくても、こういうところで』

畑の土のように、しっかりとした根を感じる声だった。

「宇宙の謎を解くの？」

『うん。そんなに簡単じゃないし、地道な仕事なんだろうけど』

「すごいね」

『何か将来やりたいこととかある？』

彼が照れたふうにこちらに振る。

「私は……おばあちゃんの後を継ぎたい」

『あの店？』

「うん」

自分の手が、服の胸もとをきゅっと掴《つか》んでいることに気づいた。何かがつかえているとでもいうふうに。

「小林君みたいに立派じゃないけど」

きっとそういうことだと思うことにした。

『そんなことないよ。後を継ぐのって、すごいと思う』

心からそう思っているのが伝わった。

由花は、ならそれでいいのかと納得することにした。

シーズンオフで、まわりには誰もいない。山の寒々とした空気が鼻の頭をしびらせる。

でも、もう少し、こうして話したかった。

「小林君は、早く大人になりたい?」

このアンテナ越しだから話せることがありそうだったから。

『なりたい』

「だよね」

『なりたくないの?』

「……そういう部分は、あるかな」

『聞いていいやつかな』

「……消えちゃうものが、ありそうじゃない？」

『消えちゃうもの……』

「たとえば、小さい頃楽しかったはずの場所が楽しくなくなってたり」

『うん』

「ずっと通ってたお店がなくなっちゃったり」

『あるね』

「中学になったのもそうだった。変わってくんだ、動いてくんだって。まわりの子たちも急に……」

そこまできて、由花は言葉を止める。

声に出して相手に伝えるうち、自分がひどく幼いことを言っている気持ちになったから。

『なに？』

「ううん、ごめん。言ってて自分でよくわからなくなった」

彼が笑う。

『でもたしかに中学になったのは思った。あと、ガキの頃は近所を探検ごっこしてるだけで楽しかったな。そういうこと考えたことなかった』

それはきっと、彼が健やかに伸びているからだろう。

「聡士《さとし》」

彼の両親がやってきた。

由花はアンテナから離れ、集まる。

「なんだい、これ」

アンテナに興味を示したおじさんに、彼が説明を始めた。

それを見ながら、由花は気づく。

いま、特別な時間が終わったのだと。


レジャー帰りの車特有の、弛緩《しかん》した沈黙が流れている。

ときどき誰かが何かを言うが、やりとりは長続きしない。

やがて、風景が由花の目になじんだものになった。

もうじき店に、着く。

由花の胸に忘れていたせつなさがよみがえる。

「あと少しで着くよ」

おじさんが運転しながら言う。

「今日はありがとうございました」

心の内とは裏腹に、よそゆきの明るい声を出す。

細い角を曲がり、車がなじみの坂道に入った。

店が見えてくる。

休日で灯りのついていない看板のわきで、おばあちゃんが待っていた。

入口の前で、車が止まる。

「ありがとうございます」

由花はもう一度礼を言って、シートベルトを外す。そして降りぎわに、隣の彼と

「じゃあ」

「うん」

こんなものだ。

車を降りた。

「由花がお世話になりました」

おばあちゃんが車のウインドウ越しに小林君の両親に礼を言う。

「いえいえ」

「お気をつけて」
挨拶《あいさつ》が終わり、ウインドウが閉じた。
由花はおばあちゃんの横でお辞儀する。
頭を上げたとき、フロントガラス越しに彼と視線が合う。
彼は微笑んで、軽く手をあげた。
知らず——由花は動いていた。
車のドアまで行き、窓を開けるように仕草で伝える。
彼は、なんだろうというふうにそうして、そばへ寄ってきた。
由花はポケットに手を入れ、中にあるお守りを握りしめる。
そして。
「これあげる」
差し出した。
「幸運のお守りなの。夢、叶うといいね」
連絡先を交換しようとは思わなかった。
彼は神奈川《かながわ》の相模原《さがみはら》に住んでいるという。遠いけれど、電車で行ける距離だ。
でも、それでも。

なぜだろう。そうしてしまうと、この特別だった時間の輝きが失われてしまう気がした。

このままにしておこう、と思った。

「ありがとう」

彼が手を伸ばし、由花のお守りを受けとった。

「ちょっと待って」

彼が後ろの荷台に身を乗り出し、リュックから何かを取り出す。

「これ」

彼の手のひらに、青い石がのっていた。

庭に落ちていた、地球みたいな石だ。

「いいの？」

「うん」

「ありがとう」

お守りと石を、交換した。

車が坂を下り、右に曲がって見えなくなる。

おばあちゃんの手が、由花の背中にそっとあてられた。

由花はおばあちゃんに寄り添い、もたれかかる。ぬくもりで、言葉にならないたくさんのことが通じ合う。

4

小林君と天文台に行った日の、翌々日くらいからだっただろうか。

由花は、奇妙な怠《だる》さを覚えるようになっていた。

彼のことはきっと関係がない。全身がなんとなく怠く、むずむずとした不快さに覆われている。

病気でもない。覚えのある感触だった。過去に同じものを経験している。

でも由花はなぜか、その正体を突きつめようという気持ちになれずにいた。

「ありがとうございました」

店の手伝いは順調そのものだ。

レジ打ちも任せてもらえるようになったし、ハーブティーの説明もできるようになった。

なじみの客ともすっかり顔見知りだ。

「夏休みにも、こっちに来るの？」

いつも自分用のブレンドティーを買っていくおばさんに聞かれたとき、はっとなった。

あさってから新学期。

それか、と思った。

そのことに焦って、怠さやもやもやを感じていたのだ。

でも、すっとしたのは一瞬で、しばらくすると自分の中に否定が浮かんでくる。

そうじゃない。

それはほんの一部分で、本当のところじゃない。

由花は悩みから逃げるように閉店作業に没頭する。

茶殻で床を掃き清め、集めて、庭にまく。

外の空気が変わっている。

まだ冷たいけど、芯にあるものが違う。

もう、冬はいなくなっていた。

「おばあちゃん、終わった」

「ありがとう」

奥の部屋のテーブルで、おばあちゃんがいくつもの小皿にハーブをほんの少しずつ取り分けている。

「講習の準備？」

「そう」

おばあちゃんはときどき、この部屋でハーブの講習会をしている。

「明日は長井さんが手伝いに来てくれるから、一緒に店の方よろしくね」

「うん」

「そうだ、由花も参加する？」

「え？」

「講習。ハーブのこと、本格的に覚えていった方がいいでしょ」

由花は、とっさに返事ができない。

どうしてだろう。

おばあちゃんの提案が、ずしり、と重さをもたらす。

「……どうしようかな」

その由花の表情を見たおばあちゃんが、一瞬、瞳の奥を澄ませる。

けれどすぐいつものようにさらりとした表情を浮かべ、

「まあ、また今度でいいわよね」

「うん……」

それから店に鍵をかけて、おばあちゃんと坂道を上って家に帰り、部屋に戻る。

その間もずっと、怠さがつきまとっていた。

自分はいったいどうしてしまったのだろう。

ベッドの上で熱帯夜のように身をよじる。スマートフォンを持っていないので、何もすることがない。持ってきた本も飽きてしまった。

——日記書こうかな。

まだ時間は早いが机に向かい、日記帳を開こうとした。

そのとき、おばあちゃんが階段を上ってくる音。

「由花」

おばあちゃんが電話の子機を手にしていた。

「ママから電話」

『元気にしてる？』

受話器ごしに聞くママの声に、ちょっと変な感じがする。こんな声だったかな、という改めての認識というか、気づきのようなもの。久しぶりに耳にしたせいかもしれない。

「うん」

『店を手伝ってるって聞いたけど』

「そうなの。あのね」

由花は店での一日について話す。いろんな場所やいろんなつながりからおばあちゃんを訪ねてくる客がいること。最初はわからないことだらけだったこと。茶殻の活用法。

『よかった』

ママの声に喜びがにじんでいた。

「なにが?」

『由花、明るくなったね』

はっとなる。

「そう?」

『そうよ』

「久しぶりだからだよ」

戸惑いながら受け流す。
でもたしかに、しばらく話していなかったせいか、前よりも言葉が軽く出る。
するとママは、うん……と納得するようにつぶやいた。
『由花』
「なに？」
『いたいだけ、そっちにいていいからね』
瞬間——
由花は、正体を掴んだ。
ずっとつきまとっている怠さの正体。
受話器を握る指の感触すら消え、頭の中がいっぱいになる。
『由花？』
「……ごめん、なんでもない。お風呂入るね」
ママとの通話を切った。
子機をベッドに置き、そのまま微動だにしない。
頭の中がいっぱいなのに、同時に空っぽになってしまったような愕然。
この怠さと不快さに覚えがあるのは、正しかった。

幼い頃によくあった。

たとえば家族で外食に行ったとき。

向かうときは嬉しくてわくわくして、店に入ったときは楽しくてしょうがない。そして満腹になった、そのあとにくる感覚。

あるいは、よく知らない親戚の家に連れていかれて、大人同士でずっと話し込んでいて、座ったまま何もすることがないときにくるもの。


〝ここから出たい〟


由花は部屋を見渡す。

おばあちゃんがペイントしてくれた机、北欧のペンダントライト、壁に飾られた麦わら帽子。

初めて見たときはあんなにきらきらしていたのに。今も可愛くはあるけれど、やっぱりその感覚がつきまとう。

それは、この部屋だけじゃない。

「ここ」全体だ。

おばあちゃんの家や薬草店のある、この場所全体に感じている。

せまい。

初日にかかったホームシックとは違う。怖くて家が恋しいから出たいのではなく、せまくて、とにかくもう自分がいるべき場所ではないという逸《はや》る心があるから、出ていきたい。

ずっとここにいたいと思ったのに。

同じ自分だと信じられないくらいに気持ちが変わってしまった。

どうして。

いつから。

由花はその答えを探そうと、机に向かう。

さっき書こうとしていた日記帳を開く。

『おばあちゃんからすっごく素敵なプレゼントをもらった！』

一番最初のページ。はしゃいだ気持ちのまま書いている。部屋をプレゼントされたときめき、楽しくなってきたここでの暮らし。
そのときの心の感触はたしかに残っているのに、もう記憶と呼ぶべき過去になっている。

『今日はおばあちゃんと満月のお茶会をした』

朝からハーブの酵母でパンを焼いた。自分のブレンドティーを作ってもらった。

『おばあちゃんとサラがいて、ここにいるのは本当に楽しい。ずっとこんな日が続いてほしいと思う』

刹那、由花は凍りつく。
とても深刻なことに気づいて、息ができない。
こわばる指で、続きのページをめくっていく。
小林君との出会い。一緒に天文台に行った特別な時間。

でもそれすらも、今は後回しだった。
そして……最後のページまでたどり着けずに、手が止まってしまう。
空気が青ざめてきた夕暮れの部屋で、由花は打ちひしがれている。
サラのことを書いていない——。
一緒に小山に登ったあの日以来。
あれからずっと、サラは現れていない。
なのに。
「………」
目の奥がじゅわっと熱くなって、夕立のように涙が落ち始めた。
涙のあとに、由花はその理由に追いつく。
かなしかった。
サラが現れなくなったことじゃない。
忘れていた。
平気だった。
いつのまにか、サラのことを考えなくなっていた。
そんなふうに変わってしまった自分自身に気がついて、そのことがどうしようもなくかなしかった。
「サラ」
呼びかけてみた。
ガスヒーターのうなりだけがこんこんと響く。
サラは現れない。
きっともう、二度と。
この地へ来るまでにあった数ヶ月の別離とは違う。
自分が。
何よりも自分自身が、そう思ってしまっている。
もう会えないことを、受け入れ始めている。
深まりゆく部屋の夕闇に由花は身を任せている。
ああ、やっぱりこういうことなんだ。
すべては変わっていく。
小学校は終わり、姉は家を出て、通っていた店はなくなる。
幼い頃から大事に持ち続けてきたものも、手放すときがくる。
五歳からずっと一緒だった、サラ。

さみしいとき、つらいとき、隣に寄り添って話をぜんぶ聞いたあとに抱きしめてくれた。

ほしいペンケースを買いに遠くの文房具店まで行った。

仲良しだった友達とそうじゃなくなったときも、変わらずそばにいてくれた。

ここへ来てからも。

ホームシックで泣きそうになったとき、客にサービスティーを出せずにいたとき。

サラは駆けつけてきて、あの無垢な微笑みで救ってくれた。

でも――――もう、いない。

視界に部屋の壁を映しながら、静かに実感と向き合う。

なのに、ほどなくして由花は立ち上がり、部屋を出る。

玄関で靴を履き、坂道を下って、店の庭に入った。

サラを捜《さが》していた。

激しい感情や言葉はなく、ただ、そんなふうに体が動いていた。

ハーブ畑を歩き、下の住宅地を回り、小山を登ってススキの生えていないあの木のもとへ行く。

「サラ」

声が山の透明な静けさにとける。

体は止まらず、動き続ける。

それは、もうどこにもいないことをひとつずつ確かめ受け入れていく儀式のようなものだった。

由花は家に戻って、裏庭にあるおじいちゃんの自転車にまたがる。

「由花？」

おばあちゃんが縁側の窓を開けた。

「どこへ行くの」

「ちょっと」

「もう暗くなるから、やめておきなさい」

「すぐ戻るから」

おばあちゃんの声の深刻さに気づかず、由花はペダルを踏んだ。

あたりは青から藍《あい》に染まり、夜が忍び寄る。

でも由花は特に気にすることもなく自転車を走らせた。

冷たい風に髪を流しながら坂道を下り、別荘地の並木道を抜け、縄文遺跡へ着いた。

外灯がぽつんと点いた広い駐車場に自転車を置き、閉まった博物館を過ぎ、裏手の階段に回る。

そこで思わず、足が止まった。

下りた先に広がる遺跡に、夜の闇が積もり始めていた。暗い中にある竪穴式住居の屋根がひどく不気味に映る。

躊躇《ためら》ったけど、由花は勇気を出して階段を下りた。

枯れた芝を踏み、竪穴式住居の四角く空いた入口に身を屈ませて入った。

湿気《しけ》った干草と土の臭い。

「ねえ、サラ」

狭い空洞に、尖った反響が鳴る。

早く出て行きたい衝動をこらえ、目を瞑《つむ》った。まぶたの裏の赤と青い粒に意識を集めて、サラが現れやすい手順を踏む。

でも、目を開けても……由花は一人のままだ。

唇を引き結び、外に出る。

そして、完全に夜になっていることに気がついた。

体がこわばる。

由花の知っている暗さじゃない。

どこまでも沈んでいき、ここと別の世界に吸い込まれていきそうな気配。
逃げるように階段を上り、自転車まで戻る。
おそろしいものに捕まってしまいそうな恐怖に鼓動を速めながらペダルを踏む。
でも、道路に出てすぐ——由花は前に進めなくなった。
何も見えない。
都会で暮らしてきた由花には想像もできなかった山の夜に、捕まってしまった。

5

ほんの一〇メートル先が見えない。

奥のもやもやとした闇から悪魔が出てきても本当だと思えるほどの、隔たれた異質さを感じる。

恐怖が顔の真ん中から湧いて、二の腕から背中まで流れていく。

由花は抗《あらが》おうとして、自転車を押して歩く。ライトが、薄皮一枚しか闇を剝がしてくれない。

先に何も見えない暗さが――部屋のような限られた場所でなく、どこまでも広がる外がすべて見えない絶望で、体が前に進むことを拒む。

両脚ががくがくと震えだす。実際こんなふうに震えることがあるのだと由花は知る。

膝が笑い、握るハンドルが傾く。由花は踏み留《とど》まることができなくて、折れていく茎のように自転車ごとその場に、不格好にへたりこんだ。

空から音が聞こえた。

飛行機が赤い光を明滅させながら夜空を横切っていく。

人間の存在を感じさせる物体に、由花は救われた気持ちになる。たき火に手をあてるように、過ぎていく光と音をみつめ続ける。

けれどついに、去ってしまった。

また、広い闇の中で一人きりになってしまった。

怖くて、動けなくて、地面から冷たさが霜《しも》のように刺さってくるけどどうしようもなくて、目のまわりがひりつく。

幼い頃にあった剝《む》き出しの絶望がこみ上げてきた。

永遠にこのまま。

おかあさん。みんながそう呼ぶだろうとき、由花だけは違った。

こんなとき必ず、誰よりも早く助けに来てくれる存在がいて、だからその名を最初に呼ぶようになっていた。

「………サラ」

誰にも聞こえないほどの小さな声。

けれど。

「ユカ」

応える声。

なじんだ距離で、いつも耳にしてきた澄んだまるい声。

振り向くと、ススキ色の髪をした少女が微笑んでいた。

「大丈夫よ、ユカ」

由花はあたたかい毛布にくるまれた心地になって、氷が溶けるように涙してしまう。

サラは膝を折って、由花の目の高さに合わせてくれる。

慈しむ青い瞳に、天使の透明さがあった。

「そんなところにお尻をついてたら汚いわ」

緊張のない言葉に、由花はつい笑ってしまう。

すると膝に力が入るようになっていて、由花は立ち上がることができた。

「行きましょ」

サラが道を指さす。

「簡単よ。まっすぐ進むだけ。わたし覚えてるわ。ユカもでしょ?」

「うん」

「さあ」

サラと一緒に夜の中を歩き始めた。

さっきは悪魔が出てきそうだった絶望的な暗闇も、とたんに友達とのお化け屋敷くらいの怖さになっていた。

由花は意識せずサラの横顔をみつめている。

きりっとした眉とまぶたの角度、ちょっと上向きの鼻、薄く口角の上がった唇。

記憶に刻もうとするように。

「どうしたの、ユカ?」

「サラってさ、かわいいね」

サラは何も言わず、ただ小首を傾げた。

「ねえユカ、歌いましょ」

「うん、歌おう」

ほとんど何も見えない森の夜道を、小学生の頃に好きだった懐かしい曲を二人で歌って歩いた。

行く手の先に、小さな二つの光が見えた。

車のヘッドライト。どんどん近づいてくる。

呼び止めるため手をあげようとしたとき、由花は見えてきた車体に見覚えがあることに気づいた。小さなずんぐりとした形。

その正しさを証明するように、車が止まった。

ドアが開いて、おばあちゃんが出てきた。

「由花！」

向こうの車線から駆けてくる。

その安堵した笑顔がふいに、はっとしたものに変わる。

おばあちゃんのまなざしが、由花の横に動く。

ちょうど、サラがいるあたりに。

由花はその動きを追ったあと、おばあちゃんに聞く。

「……どうしたの？」

「いえ」

何事もないふうに微笑んだ。

6

部屋に戻ってしばらくしても、サラは消えずにいた。

絨毯の上に座って、向き合っている。

「ユカ、晩ごはん食べなくていいの？」

「あとで食べる」

「お風呂は？」

「それも、あとで」

サラはちょっと不思議そうに瞬きする。

由花にはわかっていた。

これが最後だと。

このときが終われば、もうサラには会えなくなるのだと。

「ユカ」

でもサラは。

「そんなに怖かった？」

そのことを知らず、いつもどおりに接してくる。

「もう大丈夫よ」

膝立ちして、頭を撫でてきた。

ふれられたつむじがぼわりと温《ぬく》くなって、由花は目の奥がひりついて泣きそうになる。

でも、我慢した。

このひとときを損ないたくなかったから。サラと話せる最後の時間を涙に浸してしまいたくなかったから。

「ねえサラ。お話ししよう」

「ええ、いいわ」

サラがまた腰を下ろす。

そのとき、廊下からおばあちゃんの足音が聞こえてきた。

由花。

ドア越しに呼びかけてくる。

お茶、ここに置いておくわね。

それだけ言って、そのまま階段を下りていった。

由花はドアを開ける。足元に、お盆に載せたティーセットが置かれていた。

はっと息を呑む。

カップが、二つ用意されていた。

おばあちゃんが下りていった階段を、しばらくみつめた。

それからお盆を抱え、サラのところへ戻る。

「お茶を持ってきてくれたの」

「うん。サラの分もあるよ」

サラは特に何も言わない。その有無を、もともと気にしない。

サラの前にティーカップを置き、由花はお茶を注ぐ。

白い湯気がまるく上り、バラの香りが広がった。

「いいにおい」

サラの目がぱっと大きくなる。嬉しいときの彼女は、細めるのではなくいっぱいに開く。

「スーッコ?」

「ええ、スーッコだわ」

この瞬間をかみしめる。二人だけで作った言葉を通じ合わせるこのときを。

これからはもう、使えなくなる。

「サラ、飲ませてあげる」

ティーカップを持って、サラの口許へ寄せる。かつてこうして遊んだように。

「おままごと?」

「うん」

「ユカったら、いつまでも子供ね」

「だね……」

「ごくん、ごくん。あーおいしかった」

「昔、よくやったよね」

「ええ」

「旧校舎の倉庫みたいな部屋」

「ピアノがあったところ」

「そう。放課後、いつもあそこで遊んでたね」

「花の図鑑を広げたわ」

「飼育小屋にもよく行った」

「クジャクがいつ羽を広げるか見張ったわね」

そんなふうに、浮かぶ昔話や、明日になったら思い出せないだろうなんでもない会話を続ける。

どうしてだろう。

笑って話しながら、由花はせつなくなる。残り少ない別れの時間が、こんなにささやかに過ぎていってしまう。

ふいに、サラの目が細くなる。

笑んだのではない。

「……ユカ」

とろんと、まどろんでいた。

「わたし、眠いわ」

由花の胸が、ずきりと縮む。

サラは寝ない。いなくなるか、由花が寝るまでそばにいるかだ。

これまで一度も、眠さを訴えたことはなかった。

由花は、鼻をすする。

「ほんとうに眠い？」

「ええ、とても……」

「……そっか」

口の端をふんばって、笑顔を作る。

「じゃあ、寝よう」

ベッドに二人並んで仰向《あおむ》けになった。

北欧のペンダントライトのやさしい光が雪のように降っている。ガスヒーターのこもる響き。

サラはうとうとしている。ほんとうにもう、眠ってしまいそう。

みつめる由花の視線に気づいて、どうにか、というふうに微笑む。

「……ねえユカ」

「なに？」

「……庭のハーブは咲いたかしら」

「今日見たけど、まだまだだね」

「……明日は咲いてるかもしれないわ」

「うん」

「……見にいきましょうよ」

「……………うん」

「……咲いてなくてもいいわ」

サラは、由花が言い詰まった理由を誤解した。

「……そうだ、これから毎日見にいきましょ」

自分が消えてしまうことを知らない。

だから、眠そうにしながらもいつもどおりに思いついたことを、明日からのことを屈託なく話す。

「……どっちが早くみつけられるかしら……」

「そうだね……」

由花は泣くのをこらえようと全身をぶるぶる震わせて、でも体中から集まってくるものを抑えきれなくて、目から涙をしたたらせてしまう。

サラは重そうにまぶたをくっつけたり離したりしだす。

「……………ああ……ユカ…………………おやすみなさい……」

「……………うん」

由花はうなずく。

もう、眠らせてあげなくては。

「おやすみ、サラ」

サラは声にならない曖昧《あいまい》な息を洩らし、眠りにつこうとしている。

「ありがとう」

花束のように、贈った。

すると――サラがかすんだまなざしで振り向いてくる。

由花の泣き顔を見て、口を小さく開く。

そして最後の力をふり絞るように体をこちらに向けて、手を伸ばし、由花を抱きしめてきた。

「……永遠じゃないわ」

いつもそこにあった魔法の言葉。

どんなにつらくてかなしいことでも、ずっとじゃない。五歳のときから今日まで、ずっと支えてくれた……

「ねえサラ。私とサラは、永遠に友達だよ」

この無垢で青いまなざしを。ふれられたときのぼわりとしたぬくもりを、一生忘れない。

サラはもう、瞳のほんの色の移ろいでしか応えられない。

ええ、もちろん。
そう言っているのだと、わかった。
サラのまぶたが、水面に溶ける夕陽のように下りていく。
そのとき、由花の中で紐《ひも》が解けたような感覚があった。
瞬きしている間だったのだろう。
サラは、消えていた。
由花は眺めのよくなったベッドの傍らをじっとみつめて、縮こまるように息を吐く。
それから、自分の涙で沈んでしまうくらいに泣いた。
どこまでも。海の底までたどり着いてしまいそうなほどに。

Episode

緑

ずいぶん早くに目覚めた。

カーテンから夜明けがこぼれて、部屋を浮かばせる。

昨日のうちに隅々まで掃除を終えた清浄な空間。絨毯にはほとんど荷造りを終えたキャリーケースが口を開いた状態で置かれている。

由花は今日、家に帰る。

ベッドから降りて、窓を開けた。

眼下に広がる枯木の森と、豊かな鳥のさえずり。まっすぐの坂道と、ぽつんとある薬草店、霞む山脈。

ひんやりとした空気を深く吸いながら、見納めた。


「いただきます」

おばあちゃんとテーブル越しに向き合っての朝食。

レトロな水色のトースターで焼いたパンにメープルシロップとココナッツオイルを

塗って食べる。

並んだ皿の中に、由花がおいしいと言ったものがさりげなく混ざっていた。

この食事が終わったらもうパパとママが迎えに来るのだけど、おばあちゃんはいつもどおりたんたんとしている。

帰る意思を告げたときも、わかっていたふうに「そう」とだけだった。

食べ終えて、後片付け。

おばあちゃんが洗い、由花が拭く。

「昨日の夜、写真の整理をしたんだけど」

洗い終えたとき、おばあちゃんが台に置いていた写真の束を手にする。

「店を始めた頃のものが、たくさん出てきたの」

言いながら、由花に渡してきた。

「へえ」

ぼんやり応えて、写真を見ていく。

店の外観と中。今とほとんど変わらない。おばあちゃんと同じだ。自分は幼稚園から中学生になったのに、不思議な感じがする。

次の一枚で、手が止まった。

大きく目を開く。

サービスティーの魔法瓶を置いたコーナー。その商品棚の上に、ススキ色の髪と深い青のワンピースと白い花の髪飾りをつけた……人形が置かれていた。

――。

埋もれていた記憶が、金貨のように掘り起こされる。

お気に入りの人形だった。

ここにいる間、ずっと肌身離さず持っていた。

名前だってつけていた。そう。そうだ……


『サラだよ。こんにちは』


頭の中にくっきりと、あのときの映像が浮かぶ。

視界には、毛布の上に力なくうずくまっている白い猫。森で拾った、死にそうな野良猫だ。

そばに置いた水も餌《えさ》も、まったく食べようとしない。由花はどうしていいのかわからなくて、幼いなりに何かをしたかった。

だから、友達を連れてきたのだ。

『わたしがびょうきをなおしてあげるわ』

由花がごっこをしながら動かす北欧の人形を、猫は青い眼でじっとみつめていた。


写真を携《たずさ》えたまま、由花は記憶の海をたゆたう。

サラと別れた瞬間のかなしみがまた打ち寄せてきて、流されそうになる。

そのとき、キッチンからしゅわしゅわと泡の弾《はじ》ける音がした。

おばあちゃんが、グラスに炭酸水を注いでいる。傍らには、紫の花を漬けたシロップの瓶。

「いつのまにか、なくなってたのよねぇ」

独り言のようにつぶやく。

それから、由花の前にそっとグラスを置いて、出ていった。

ぽつぽつと泡を浮かべるその飲み物がなんであるかを、由花は知っている。

かなしみに効く、ニオイスミレ。

薄紫のソーダ水。

パパとママが車で迎えにきた。

「由花が大変お世話になりました」

最後にパパが会社みたいなお辞儀をする。

「いいのよ。私も楽しかったわ」

家の外。見送る位置に立ちながら、おばあちゃんが軽く応じる。

由花は久しぶりのパパとママに挟まれて、照れくささと同時に言い表せない安心感に包まれている。

帰るのだ。元いた場所と生活に。これでいいのだ、と納得できた。

でも、その一方で——

「由花」

ママが促してくる。

由花は別れの挨拶をしようと、おばあちゃんをみつめる。

いつものさらりとした表情でいつつ、どこかかなしげ。それは由花の後ろめたい気持ちが映しているものなのだろうか。

『おばあちゃんの後を継ぎたい』

そう言ったのに。

おばあちゃんは嬉しそうだったのに。

罪悪感が、ちくちくと胸を刺す。

「由花」

おばあちゃんが腕を広げ、ハグしてきた。

「元気でね」

「……ごめんね」

「どうして謝るの？」

「だって……お店継ぐって……」

「あら」

おばあちゃんは意外そうな声を出し、背中をぽんぽんと叩《たた》いてきた。

「いいのよ」

本当にそう思っているのが伝わってくる。自分を受け入れ許してくれる。私のおばあちゃんだからなんだ、と思った。

由花は、そのぬくもりを抱き返す。

「私はいつでもここにいるから」

見送るとき、おばあちゃんはそう言った。


車が坂道を下っていく。

パパが由花の名残のためにゆっくりと走ってくれているのがわかった。

週明けから、学校に行く。

中学二年生の新学期。何日か出遅れたし、これまでの不登校もあるから、苦労するかもしれない。

青春と呼ばれる時期が始まる。めまぐるしくいろんなことが起こり、変わっていくだろう。

でも、由花は今、大丈夫だと思えている。

風のような勇気がある。

なぜなのか、自分自身で答えをみつけていた。

これは、サラだ。

いつも自分を引っ張っていた、永遠の友達。

その心。存在そのもの。

だからサラは消えてない。これからもずっと、自分の中にいる。いさせてみせる。

店が見えてきた。

素朴な板を並べた壁、臙脂色の屋根に蔦の束が箒のようにかかっている。

由花は目に焼きつけようとした。そのとき。

「えっ」

先に声を出したのは、ママだった。

「…………」

由花も、信じられない思いでそれをみつめている。

緑。

まだ冬枯れだったはずの庭に、草花が萌《も》え広がっていた。

パパがブレーキを踏む。

「さっき通ったとき、こんなんだっけ?」

「絶対違う」

パパとママが茫然《ぼうぜん》と交わし、ウインドウ越しにある不思議な出来事に見入っている。

由花もそうだったけれど、でも、すとんと受け入れることができた。
パパとママには言わない。
だってそれは、この世界で由花しか知らないことだから。
庭に咲き誇っている、いろんな花とハーブ。

ここは白い花でいっぱいになるわ。
ここは黄色。
ここは紫。
レモンバーム。

踊るような、あの姿を思い出す。
「……行こうか」
パパが言う。
どんなに不思議で素敵な光景も、いつまでも人を留めておくことはできない。
再び車が動きだす。
店と、ほんの少しの楽園のようなハーブの庭を通り過ぎた。

由花は後ろに遠ざかるそれを最後まで見届けようとする。
坂の突き当たりまできて、車が右に曲がる。切れていく風景。
刹那——由花の瞳に映った。
庭の入口で手を振る、ススキ色の髪をした少女の姿。
目を凝らすまもなく角を曲がりきり、見えなくなった。
車が走る。
離れていく。
刹那が過去に移り変わっていく。
本当だったのかどうかも、もうわからない。
「…………」
由花はにじむように微笑んで、ただ、静かにあごを引いてうなずいた。
シートに座り直すと、両親は由花の感慨に水を差すまいとするように黙っている。
広い道路に出て、車が加速する。
由花は前を向く。
澄み渡る春の空が、ぐんぐんと近づいてきた。

初出　『リンネル』二〇一九年九月号〜二〇二〇年十一月号

本書は、二〇二〇年十月に小社より単行本として刊行した
『サラと魔女とハーブの庭』を文庫化したものです。
この物語はフィクションです。作中に同一の名称があった
場合でも、実在する人物、団体等とは一切関係ありません。

七月隆文（ななつき たかふみ）

大阪府生まれ。京都精華大学美術学部卒。ライトノベルから一般文芸まで幅広く活躍。『ぼくは明日、昨日のきみとデートする』が口コミで広がり、160万部を超えるベストセラーに。その他の著書に『ケーキ王子の名推理（スペシャリテ）』、『100万回生きたきみ』など。

宝島社文庫

サラと魔女とハーブの庭
（さらとまじょとはーぶのにわ）

2023年6月12日　第1刷発行

著　者　七月隆文
発行人　蓮見清一
発行所　株式会社 宝島社
〒102-8388　東京都千代田区一番町25番地
電話：営業 03(3234)4621／編集 03(3239)0599
https://tkj.jp

印刷・製本　株式会社広済堂ネクスト

First published 2020 by Takarajimasha, Inc.
ISBN 978-4-299-04294-1